Edith Hagener

»Es lief sich so sicher an Deinem Arm«

Briefe einer Soldatenfrau 1914

Vorwort von Luc Jochimsen

Beltz Verlag
Weinheim und Basel 1986

CIP-Kurztitelaufnahme der Deutschen Bibliothek

Hagener, Edith:
»Es lief sich so sicher an Deinem Arm« : Briefe e. Soldatenfrau 1914 / Edith Hagener. Vorw. von Luc Jochimsen. – Weinheim ; Basel : Beltz, 1986.
(Beltz-Info)
ISBN 3-407-84044-6

Gesamtherstellung: Druckhaus Beltz, 6944 Hemsbach
Umschlaggestaltung: Zembsch' Werkstatt, München
Printed in Germany

ISBN 3 407 84044 6

Edith Hagener · »Es lief sich so sicher an Deinem Arm«

BELTZ
INFO

Herausgegeben von Ulrich Tschirner

Und die Frauen??

Vorwort von Luc Jochimsen

Was haben wir von Bertold Brecht gelernt?
Daß nicht die Könige, die Heroen, die „Baumeister der Geschichte“ die Städte der Welt errichteten und zerstörten, die fürchterlichen Kriege gewannen oder verloren – sondern die Arbeiter und die Soldaten und Bauern.
Und die Frauen??
Edith Hagener traf ich zum ersten Mal bei einer Straßenkampagne zur Reform des § 218 – 15 Jahre ist das her.
Eine ältere Frau kam an den Stand mit den Unterschriftenlisten und Handzetteln, trug ihren Namen ein, sprach uns Mut zu. Wir waren erstaunt: Zuspruch von solch einer „wohlsituierten“ Frau? Und nicht nur Zuspruch, sie machte mit, schrieb die Daten ihrer eigenen, von diesem Strafparagraphen so belasteten Lebensgeschichte auf.
Ich habe ihren Mut bewundert. Gab sie uns Frauen der nachfolgenden Generation doch damit die Chance, das geschichtliche Unrecht nachzuempfinden, von dem wir immer gelesen hatten, es wußten, aber nicht genau wußten wie es gewesen sein mußte für eine Frau, die unsere Mutter hätte sein können.
Den Spuren nachgehen – zurück – das hat Edith Hagener damals durch den Einblick in ihr Leben möglich gemacht.
Eine wichtige, offene, mutige Sache, die sich nun durch die Veröffentlichung von Hannchens Briefen wiederholt – auf weitreichendere Weise. Die Entdeckung der Briefe, die Auseinandersetzung mit ihnen – und die Entscheidung, sie zu veröffentlichen und die Suche nach einem Verleger, den das interessiert – das war ein jahrelanger, innerer und äußerer Prozeß – voller Schwierigkeiten.
Denn: wollen wir wirklich Kenntnis nehmen vom Leben Hannchens, der Frau aus einer anderen Zeit? Die so sympathisch und so unsympathisch ist, so tüchtig und so schrecklich blöd, so lebensklug

und so verdummt? Keine Heldin – weder für Frauen noch für Männer. Kein Vorbild – nur ein Beispiel für die Art und Weise wie mit Frauen umgegangen worden ist, wie sie mit sich haben umgehen lassen – von Königen, Heroen – den „Baumeistern der Geschichte“... und den Bauern, Arbeitern, Soldaten als Ehemännern, Brüdern, Vätern gleichermaßen.
Ein bitteres Beispiel, das meine Bewunderung hat, wenn ich lese, was sie alles kann und tut – mein Mitleid, wenn ich erfahre, wie sie sich immer nur ableitet von ihrem Mann und das dann „Liebe“ nennt – und schließlich meine Wut auslöst, wenn ich erkenne, daß alle ihre Anstrengungen und Fähigkeiten am Ende so gar nichts Emanzipatorisches ergeben.
Hannchens Briefe sind schrecklich und toll und traurig und vor allem wichtig kennenzulernen, zu wissen.
Am schönsten wäre es, wenn sie auch gleich noch in andere Sprachen übersetzt würden, damit sie heute auch woanders die Spuren in die Vergangenheit aufdecken konnten.
Überall da, wo Frauen heute ähnliche Briefe schreiben, aus den Kriegen, die wir verdrängen, an die Fronten, die wir nicht sehen wollen.
Wir wären ein Stück weiter, wenn viele Frauen und Männer diese Briefe so lesen, daß sie nie mehr wieder geschrieben und empfangen werden müssen.

London, Juli ’86

Inhaltsverzeichnis

Einleitung

Der Anlaß zu diesem Buch war die Entdeckung von Briefen, die meine Mutter – Johanna Boldt, auch „Hannchen" genannt – in den ersten Kriegsmonaten 1914 als junge Frau ihrem Ehemann Julius (einem kriegsfreiwilligen Landsturmmann) ins Feld geschickt hatte. Ich fand diese Briefe – ein sorgfältig verschnürtes Päckchen – nach dem Tod meiner Mutter in ihrem Nachlaß. Das war vor fast 25 Jahren, in einer Zeit, als mich andere Aufgaben mehr beschäftigten, als der Lebensgeschichte meiner Eltern nachzugehen. So legte ich damals das dicke Bündel von Feldpostbriefen ungelesen beiseite, in der Meinung, daß mich alles, was sich die Eltern als junge Leute mitgeteilt hätten, nichts mehr anginge; umso mehr, weil ich über meine Mutter, zu der ich nie eine herzliche unverkrampfte Zuneigung gewonnen hatte, längst alles zu wissen glaubte.

Das änderte sich gründlich, als ich vor drei Jahren, als Siebzigjährige, auf die fast schon vergessenen Feldpostbriefe stieß und mit wachsender Spannung zu lesen begann. Was mich beim ersten Lesen faszinierte, war eine sehr persönliche Erfahrung: ich entdeckte in den Briefen meiner Mutter zu meiner Verwunderung eine Frau, die in dem brieflich geäußerten Gefühlsreichtum – überraschend gepaart mit einem emanzipatorischen Selbstbewußtsein – keineswegs dem Bild jener ungeliebten Mutter glich, das ich mir bisher von ihr gemacht hatte. Doch über diese Entdeckung der eigenen Mutter hinaus erkannte ich sehr bald in allem, was die Briefschreiberin Hannchen durchlebt hatte, etwas Allgemeines.

Was Hannchen damals vom Krieg wahrnahm, wie der Kriegsalltag von ihr, einer jungen Mutter, die Übernahme einer strapaziösen Berufstätigkeit verlangte, wie sie vom Rausch der Kriegsbegeisterung ringsum (oft wider Willen) angesteckt wurde, wie sie den Krieg mehr und mehr in seiner mörderischen Realität zu ahnen begann –

und wie die Ängste um das Leben ihres Mannes an der Front sie aufzuzehren schienen, ohne den geheimen, sie beunruhigenden Zweifel am Sinn dieses Krieges schon niederschreiben zu können – alles dieses ist tausendfach, ist millionenfach von Frauen aller Länder in beiden Weltkriegen ähnlich durchlitten worden.
Hannchens Briefe dokumentieren also spezifische Erfahrungen einer Frau in Kriegszeiten – Erfahrungen, die über den vorliegenden Fall weit hinausweisen und etwas Allgemeines sichtbar werden lassen. Dennoch sollten diese Briefe nicht als zeitloses Dokument zur Thematik „Frauenschicksal", „Kriegsalltag" oder ähnlichem verstanden werden. Der besondere Reiz der Briefe liegt ja gerade darin, daß sich in diesen Texten zugleich auch ein zeitbedingtes Verhalten und Handeln ausspricht. Als Leser werden wir Seite um Seite konfrontiert mit der Briefschreiberin Hannchen, die in den Denkmustern und Verhaltensweisen einer bürgerlich-kleinbürgerlichen Welt um 1900 ein Kind ihrer Zeit ist und bleibt. – Um dem Leser diesen Zusammenhang deutlich zu machen, ist dem Hauptteil des Buches (Brief-Teil) ein Kapitel über Hannchens Herkunft vorangestellt und ein Schlußkapitel über Hannchens weiteren Lebensweg angehängt worden. Die Schreibweise in den Briefen ist vom Original übernommen worden.

Hannchen Hannemann – ein Kind ihrer Zeit

Hannchens Herkunft

Die Eltern meiner Mutter – Fritz und Bertha Hannemann – stammten aus der Mark Brandenburg. Der Großvater kam aus Jüterbog, wo er zwölf Jahre bei den Preußen gedient hatte. Die Großmutter war aus Luckenwalde, wo ihr Vater als fleißiger Schuhmachermeister hohes Ansehen genoß, nicht zuletzt deshalb, weil er jedem seiner fünf Kinder 300 Taler bei deren Eheschließung hinterlassen haben soll.
Als Fritz und Bertha Hannemann 1887 als Jungvermählte nach Hamburg kamen, galten sie hier lange Zeit als „Zugereiste". Damit waren sie keineswegs ein Sonderfall. Denn um 1890, als sich Hamburg mit seinem Freihafen, seinen Werften und Handelshäusern sprunghaft zu einer geschäftigen Weltstadt entwickelte und Jahr für Jahr Tausende von jungen Leuten anlockte, war fast jeder dritte Hamburger ein Zugereister. „Quiddjes" wurden diese Leute von den gebürtigen Hamburgern mit einem Unterton von Geringschätzung genannt. Ein Quiddje war eben kein ganz vollwertiger Bürger, mochte er auch sonst sehr tüchtig sein. Man konnte nicht einmal mit ihm „Platt snacken" – und das war ein schlimmer Makel. Meine Großeltern, die zudem in einer Kleinstadt aufgewachsen waren, brauchten deshalb Jahre – wie sie oft erzählt haben – sich in dem Hamburger Stadtteil Eimsbüttel zu Hause zu fühlen.
Fritz Hannemann war mit seiner jungen Frau nach Hamburg gezogen, um bei der Justizbehörde der Hansestadt den Posten eines Gerichtsvollziehers anzutreten. Als „Zwölfender", der sich während seines zwölfjährigen Militärdienstes hatte „nichts zu Schulden kommen lassen", besaß er ein Anrecht auf eine Staatsstellung. Deshalb war er im Anschluß an seine Militärzeit für den niederen und

Fritz Hannemann – Ein Gerichtsvollzieher

mittleren Dienst im Justizwesen ausgebildet worden und war nun froh, im fernen Hamburg in eine freie Beamtenstellung „einzurükken“. Ein wichtiges Lebensziel: eine sichere Staatsstellung, war erreicht. Besonders seine Frau, meine Großmutter, wußte solche Sicherheit zu schätzen. War sie doch in einem Handwerkerhaushalt aufgewachsen, wo die Vorsorge für das Alter oberstes Gebot war. Ich erinnere mich noch heute an ihre immer wieder gebrauchte Redewendung von der „schönen Pension“, die nach ihrer Meinung in jedem Beamtenhaushalt ein Stück Lebensglück garantierte.
Sparsamkeit, Fleiß und Ordnung bestimmten das Alltagsleben der jungen Eheleute. Diese bürgerlichen Tugenden wurden durch die Erfahrungen, die Fritz Hannemann täglich als Gerichtsvollzieher machte, noch verstärkt. Denn als Justizbeamter sah er ja, in welche Katastrophen das Schuldenmachen häufig führte. Hatte er doch von Amts wegen die Aufgabe, Gegenstände im Haushalt oder im Geschäft eines verschuldeten Bürgers „von Staats wegen“ zu pfänden. Das war oft eine unerfreuliche Amtshandlung. Daheim im Kreis der Familie und Freunde legte Fritz Hannemann allerdings Wert darauf, wenig von den Affären zu sprechen, die er im Amt kennengelernt hatte.

Die junge Familie hatte auch bald genug mit sich selbst zu tun, da pünktlich, neun Monate nach der Hochzeit sich das erste Kind einstellte und schon ein Jahr später das zweite Kind zur Welt kam. Das älteste Kind war ein Junge. Als „Stammhalter" wurde der männliche Nachwuchs in bürgerlichen Familien besonders hoch

Die Geschwister Hannchen, Carl und Martha Hannemann 1895

geschätzt, obwohl hier weder Fürstentum noch Fabrik, ja nicht einmal ein Bauernhof zu übernehmen war. Der Stammhalter Carl erbte zweierlei von seinem Vater (so hieß es jedenfalls in der Familie): die schwarzen Locken und dessen Musikalität. Während seiner Militärzeit hatte Vater Fritz nämlich Trompeteblasen gelernt und die Vorgesetzten hatten seine Musikalität gefördert. Aus meiner Kindheit erinnere ich mich, daß Großvater eine kleine Trompete in einem Futteral umgehängt trug und daß er manchmal mitten im Wald seine blitzende Trompete aus ihrer Hülle nahm und blies. Wir Kinder hörten mit Staunen und Entzücken: „Wer hat dich, du schöner Wald aufgebaut so hoch da droben ..." oder „Der Jäger aus Kurpfalz ..." Das zweitgeborene Kind der Hannemann-Familie war ein Mädchen, das auf den Namen Johanna getauft und bald von allen Leuten „Hannchen" genannt wurde. Martha hieß Hannemanns drittes Kind, das 1893 geboren wurde. Es war von zarter Natur, und während es sich zur Freude aller zu einem munteren Spielkameraden seiner Geschwister entwickelte, ahnte niemand, daß es als junges Mädchen an einer bösen Krankheit sterben würde.

Kindheit in einem Beamtenhaushalt im kaiserlichen Deutschland

Nun mußten also fünf Personen vom bescheidenen Gehalt eines Gerichtsvollziehers leben. Essen und Trinken waren nach den Vorstellungen einer Beamtenfamilie nicht das einzige, was die Haushaltskasse belasten durfte. Da war einmal im Monat die relativ hohe Miete für eine Vier-Zimmer-Wohnung fällig, die etwas herzeigte – und wenn Besuch kam, auch vorgezeigt werden konnte. Manches Stück im Haushalt mußte jetzt, da die Kinder heranwuchsen, angeschafft, manches ergänzt werden. Doch obwohl meine Großmutter ihre drei Kinder zu „gebildeten Menschen mit feinen Manieren" erziehen wollte, mußten sich die Hannemanns den Wunsch versagen, Carl und die Mädchen auf die höhere Schule zu schicken. Für zwei oder drei Kinder das Schulgeld zu zahlen, dafür reichte das Einkommen des Großvaters nicht aus. „Auch wir haben unseren Weg gemacht ohne höhere Schulbildung", war Großvaters Meinung. Die Kinder besuchten die Volksschule, und Carl und Hannchen, die von ihren Klassenlehrern als besonders begabt bezeichnet wurden, konnten nach den offiziellen sieben Volksschuljahren eine Klasse für „besonders Begabte" – die Selekta – besuchen.
Schon während der Volksschulzeit der Kinder hatten die Großeltern ein gebrauchtes Klavier angeschafft. Ein Klavierlehrer kam ins Haus und förderte die musikalischen Talente des Sohnes Carl. Auch Hannchen, die eine gute Singstimme hatte und ebenfalls als musikalisch galt, glänzte bei Familienfesten am Klavier mit manchem klassischen Werk, wie Beethovens „An Elise", während Carl schon damals mit eigenen Variationen über Volkslieder und Choräle seine Zuhörer in Erstaunen setzte.

Das Geld war im Hause Hannemann äußerst knapp. Es reichte aber allemal für Noten und den Klavierlehrer – kurzum für eine häusliche Musikpflege. Sicher hatte die Hausmusik auch ihre Schattenseiten (Hannchen etwa quälte sich oft bei langweiligen Übungsstücken), doch „deutsche Hausmusik“ beglückte dann und wann die ganze Familie und gelegentlich auch deren Gäste. Sie war um 1900 Ausdruck typisch deutscher Kultur, die im Bürgertum, selbst noch auf den unteren Rängen der kleinen Beamten, eine lange Tradition hatte.
Sparsamkeit in allen Bereichen des täglichen Lebens war die Grundlage für dieses anspruchslose gesellige Leben, das in der sogenannten „guten Stube“ gepflegt wurde. Es war zum Beispiel im Hannemann'schen Haushalt selbstverständlich, daß Großmutter, auch als die Kinder größer wurden, für Hannchen und Martha, aber auch für den vierzehnjährigen Carl (und selbstverständlich auch für sich selbst) alle Kleidung selbst nähte. Jede Frau dieser Zeit hatte als heranwachsendes Mädchen in der Schule oder in der Haushaltungsschule Nähen gelernt. Auch Flicken und Stopfen, Sticken und Stricken waren Lernfächer für Mädchen, sogar die kunstvolle Herstellung von wollenen Strümpfen mit den komplizierten Techniken bei Ferse und Spitze des Strumpfes wurden hier gelehrt. Großmutter hat oft davon erzählt, welches „Vermögen“ sie ihrem Ehemann mit diesen Künsten eingebracht habe. Nur für den Großvater mußten fertige Kleidungsstücke gekauft werden.
Die Konfirmation eines Jugendlichen war im protestantischen Bürgertum des Kaiserreichs einer der wichtigsten Festtage der Familie. Das galt für alle Beteiligten, besonders aber für den Konfirmanden, der von diesem Tag an in der Öffentlichkeit als Erwachsener galt und in der Regel nicht mehr mit „Du“, sondern mit „Sie“ anzureden war. Der Konfirmand wurde an diesem Tag, den man als Wendepunkt des Lebens betrachtete, besonders festlich „eingekleidet“. So war es auch in der Familie Hannemann, als Hannchens Konfirmation gefeiert werden sollte. Zum ersten Mal in ihrem Leben trug Hannchen ein „fertig gekauftes“ Kleid. Es war ein reich besticktes weißes Gewand, das sie wie eine Dame erscheinen ließ. „Meine Nähkunst“, so hat Bertha Hannemann noch oft versichert, „hätte für solches Festkleid nicht gereicht“. Festmahl und Festkleid einer Konfirmation forderten damals in bürgerlichen Familien ihren Preis, wollte man nicht im Ansehen bei Verwandten und Nachbarn zurückstehen.

Hannchen im Konfirmationskleid

Schon zu dieser Zeit machte Martha ihren Eltern große Sorgen. Sie hatte merkwürdige „Anfälle“, indem sie plötzlich zu Boden stürzte und sich dabei verkrampfte und verrenkte. Nach ein paar Minuten stand sie jedoch wieder auf, noch etwas blaß und wußte nicht, was sich ereignet hatte. – Der Arzt, der im Hause meiner Großeltern eine wichtige Rolle spielte und von dem wir als Kinder oft hörten, was für ein wunderbarer Mann das gewesen sei, hieß Dr. Caro. Die Großeltern schilderten ihn als einen sehr liebenswürdigen Menschen. Er war Jude, der – je mehr er die Sorgen der Hannemann'schen Eltern um ihr jüngstes Kind teilte, zu einem Freund der Familie wurde.
Doktor Caro kam stets mit einer Pferdedroschke, wenn Marthas Eltern ihn telefonisch um einen Besuch gebeten hatten. Wie die meisten Bürger in dieser Zeit hatten auch meine Großeltern kein eigenes Telefon. War eine Angelegenheit dringend, so ging man zum Krämer an der Ecke und bat, das Telefon benutzen zu dürfen. Doktor Caro ließ nie lange auf sich warten. Er stieg in seinem

dunklen Mantel aus der Kutsche und wurde von den besorgten Eltern bereits an der Wohnungstür empfangen.
Schon früh hattc Doktor Caro Marthas Krankheit als „Epilepsie“ erkannt. Ein Mittel jedoch, sie von ihrem Leiden zu befreien, gab es offenbar nicht, denn trotz aller Fürsorge über Jahre hin wurden Marthas Anfälle häufiger und schwerer. In ihrer Verzweiflung fuhren die Eltern zu anderen Ärzten und schließlich auch zu einem berühmten Wunderdoktor in die Lüneburger Heide, nach Radbruch, zum Schäfer Ast. Doch alle diese Bemühungen waren vergebens und meine Großeltern sahen sich schließlich nach Jahren gezwungen, Martha in ein Heim zu geben, in eine „Anstalt“, wo sie 1917 gestorben ist.

Eine „höhere Tochter“ wird flügge

Für Fritz und Bertha Hannemann ist die schwere Krankheit ihrer jüngsten Tochter ihr Leben lang ein kaum zu bewältigender Kummer geblieben. Ob und wie weit diese Kümmernisse um Martha auch den Alltag der Geschwister überschattet haben, ist schwer zu sagen. Diese lebten ihr eigenes Leben. Carl hatte sich auf einem Seminar erfolgreich für den Lehrerberuf vorbereitet, danach als Einjähriger bei der Kavallerie gedient, um dann den schmucken Offiziersrock gegen den schlichten Anzug eines Volksschullehrers einzutauschen. Es ist anzunehmen, daß er sich längst innerlich wie äußerlich vom elterlichen Zuhause getrennt hatte. Und wahrscheinlich ging nun auch Hannchen, wenn sie auch weiterhin bei den Eltern wohnen blieb und die Rolle einer Haustochter übernahm, ihre eigenen Wege. Der kranken Schwester wegen war es zwar nötig, daß Hannchen ihre Mutter bei der Hausarbeit unterstützte, denn sie hatte eine Haushaltungsschule besucht und Kochen und Haushaltsführung nach „wissenschaftlichen Gesichtspunkten“ der Volkswirtschaft und der Ernährungslehre gelernt. Von daher gesehen war Hannchen für die Mutter eine perfekt ausgebildete Hilfe. Aber der elterliche Haushalt war und wurde nicht ihre Welt. So oft sie konnte, suchte sie sich außerhalb des Hauses Fröhlichkeit und Geselligkeit mit jungen Leuten – ein Klima, das sie in der elterlichen Wohnung nicht finden konnte.
Bei ihren Altersgenossen galt Hannchen als unternehmungslustig, ja oft als übermütig – und da sie eine schöne Stimme und viel Freude am

Singen hatte, war sie bald ein gern gesehener Gast, wo immer man in einer geselligen Runde zusammenkam.
Damals, im ersten Jahrzehnt unseres Jahrhunderts, war es für junge Leute aus „gutbürgerlichem Hause" nahezu selbstverständlich, einem Verein anzugehören. Die sangeslustigen Deutschen dieser Zeit entschieden sich in ihrer Mehrzahl für einen Gesangverein oder auch für einen Wanderverein. Wandern und Singen gehörten nach Meinung der Deutschen damals ohnehin zusammen. Immer wurde auf Wanderungen gesungen, sowohl beim Marschieren als auch bei der Rast. Im Gesangverein „Ossian" zum Beispiel, dem Hannchen angehörte, wurden Chöre für Festaufführungen einstudiert; außerdem waren die Wanderungen in Hamburgs Umgebung für die meisten Ossianer Höhepunkte des Vereinslebens. Die Gesang- und Wandervereine im Kaiserreich müssen als erfolgreichster Heiratsmarkt des mittleren Bürgertums angesehen werden. – So war es also im Falle Hannchen kein Wunder, daß sie unter den jungen Männern, die hier nicht nur im Singen miteinander wetteiferten, ihren zukünftigen Mann fand.
Julius Boldt, mein Vater, war damals etwa 32 Jahre alt, als er sich in die achtzehnjährige Johanna Hannemann verguckte, erste zarte Bande geknüpft wurden, und erste Eifersüchteleien die kaum geweckten Liebesgefühle erhöhten.

Julius Boldt – ein „gestandener Mann"

Julius Boldt hatte mit seinen 32 Jahren bereits eine Vergangenheit, auf die er, wie er meinte, ein wenig stolz sein konnte. Als uneheliches Kind einer Dienstmagd war er 1877 in Ostpreußen zur Welt gekommen. Auf seiner Geburtsurkunde kann man den Nachtrag des Standesbeamten in Marienburg entziffern: „Der Kranführer Boldt erkennt die Vaterschaft des ... geborenen Knaben Julius an." Nachdem der Kranführer Boldt die ledige Louise Werner geheiratet hatte, zog das junge Paar in die Weltstadt Hamburg, da dort im Hafen solide Arbeit zu finden war, die etwas einbrachte. (Auch die Eltern von Julius Boldt waren also, wie die Hannemanns „Quiddjes".)
In Hamburg lebten sich die Boldts rasch ein. Ein zweiter und ein dritter Sohn wurden geboren. Julius zeigte sich in der Schule als guter

Der Ossian-Verein bei einem sonntäglichen Ausflug 1909

Schüler, und er fand leicht eine Lehrstelle in einer Krämerei. Dort arbeitete er einige Jahre als Gehilfe und wurde 1898 zum Militärdienst als „Ersatzrekrut“ eingezogen. Körperlich kräftig, fröhlichen Gemüts und von zupackender Lebensart, war Julius während seiner Militärdienstzeit so recht in seinem Element – „ein richtiges Mannsbild“ – wie manche Frau bewundernd feststellte. Schon nach einem Jahr war er zum Gefreiten befördert worden und wurde dann im zweiten Dienstjahr in Reserveübungen als „Hilfsschreiber“ beschäftigt. Hier hatte er eine Aufgabe, die er (wie ein mir vorliegendes Gutachten des Kommandeurs ausweist) „gewissenhaft und mit großem Geschick“ einlöste.
In das Zivilleben zurückgekehrt, muß Julius als Kommis (d. h. Handlungsgehilfe) in einem größeren Kolonialwarengeschäft aufgrund seines überdurchschnittlichen Arbeitseinsatzes Woche für Woche gutes Geld verdient und mit Bedacht gespart haben. Jedenfalls konnte er sich als 27jähriger ohne elterliche Hilfe mit ausreichendem Kapital ein eigenes Geschäft einrichten.

So war Julius Boldt im Jahre 1909, als er bei Ossian-Ausflügen auf Hannchen aufmerksam wurde, ein „gestandener Mann“ und zwar in mancherlei Hinsicht. Er war nicht nur der Inhaber eines großen Kolonialwarenladens „mit zwei Schaufenstern und vier Angestellten“, was von der Kundschaft im Stadtteil Hoheluft nachdrücklich vermerkt wurde. Als gestandener Mann galt er auch deshalb, weil er für Kaiser und Reich bereits redlich gedient hatte und nun als Reservist bereit stand, jederzeit mit der Waffe in der Hand das Vaterland zu verteidigen, wie es in der Sprache dieser Jahre hieß. Julius war, wie die meisten Bürger der Wilhelminischen Epoche ein begeisterter Patriot. Mit ganz besonderer Hingabe sangen die Ossian-Mitglieder – und Julius mit schmetterndem Bariton in ihrer Mitte – am Sedantag (Feiertag des Sieges über Frankreich 1870) alljährlich zum Abschluß einer patriotischen Feierstunde: „Es braust ein Ruf wie Donnerhall, wie Schwertgeklirr und Wogenprall, zum Rhein, zum Rhein, zum deutschen Rhein ...“ (s. S. 38)
Daß damals dem langgedienten Gerichtsvollzieher Fritz Hannemann dieser grundsolide treudeutsche Mann Julius Boldt als künftiger Schwiegersohn über alle Maßen gefiel, war verständlich. Doch noch schien es den Eltern ungewiß, ob Julius es wirklich mit ihrer Tochter ernst meinte. Und dann fragten sich auch die Eltern, ob dieser Mann bei einem Altersunterschied von 14 Jahren nicht doch für ihre Tochter zu alt sei. „Nun, dafür hat er sich in diesem Alter schon die Hörner abgestoßen und wird in der Ehe keine Kapriolen mehr schlagen“, soll meine Großmutter damals gesagt haben.
Aus dieser Zeit (1910/11), in der sich Hannchen und Julius ihre wachsende Zuneigung gestanden haben, besitze ich einige Briefe. In winzigen Umschlägen wurden etwa Grüße versandt, in denen Hannchen ihren Liebsten neckisch mit „Onkel Julius“ anredet. Julius revanchierte sich offenbar, wenn er seine Antwort mit „Liebes Hannemännelein“ einleitet. Ein besonders liebenswürdig-umständlich abgefaßter Brief liegt mir vor, der Hannchen zu einem Opernbesuch („Der Rosenkavalier“ im Hamburger Stadttheater) einlädt. Die Briefe, die auf diesen Opernabend folgen, beweisen, daß an jenem Abend eine schüchterne Zuneigung nicht nur auf der Bühne, sondern auch in einer Loge des dritten Rangs in eine stürmische Phase der Liebe übergesprungen war. Der Bann war also gebrochen. Aus Erzählungen meiner Großmutter weiß ich, daß Julius im Oktober 1911 nach traditionellem Brauch im deutschen Bürgertum an

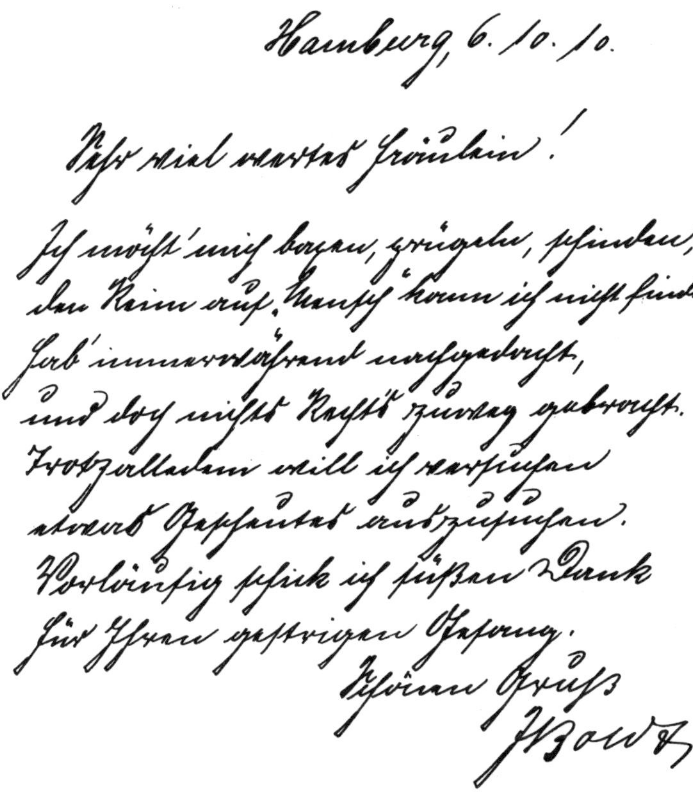

Julius B. wirbt mit poetischen und süßen Artigkeiten

einem Sonntagmorgen bei meinen Großeltern „um die Hand ihres Fräulein Tochter angehalten“ hat. Es konnte also Verlobung gefeiert werden. – Bis zur Hochzeit im Juni 1912 wurde dann im Hause Hannemann fleißig genäht, gestrickt und gestickt (darin war Hannchen ganz besonders tüchtig!), es wurden Preise verglichen und besprochen, was alles noch zu tun sei bis zu dem großen Ereignis. Großmutter hat später erzählt, daß Julius sie gebeten habe, ein anderes, nämlich teureres Mobiliar für das „Herrenzimmer“ (als das von den Eltern ausgesuchte) kaufen zu dürfen – Sie erlaubten es, wenn auch nur zögernd. Denn es sollte ja auf keinen Fall heißen, die Eltern hätten nicht selbst für eine standesgemäße Aussteuer aufkommen können.

Was zur standesgemäßen Aussteuer einer Beamtentochter gehörte, richtete sich nach Vermögen und Stand des Brautvaters. Auch im Falle Hannemann wollte ein Gerichtsvollzieher mit kleinem Einkommen nicht hinter dem Wohlstand eines jungen Geschäftsmannes zurückstehen – Und so wurde die aufwendige Vier-Zimmer-Wohnung mit Schlafzimmer, Eß- und Wohnzimmer und mit der wichtigen „guten Stube", dem sogenannten Herrenzimmer „aufs beste ausgestattet", d. h. alles entsprach dem Geschmack jener Zeit.

Verlobung 1911

Anfang Juli 1912 haben meine Eltern geheiratet, und mit der Hochzeit wurde zugleich die prächtige Wohnung im Beisein aller Freunde und Verwandten eingeweiht. Und dann gingen Hannchen und Julius auf ihre Hochzeitsreise – ins Land der Mitternachtssonne – so, wie sie es sich seit Jahren ausgemalt hatten. Die Zukunft des Brautpaares schien ungetrübt.

Zum historischen Hintergrund: Über deutsche „Weltpolitik" vor 1914

Das deutsche Reich war 1890, als Wilhelm II. den in aller Welt geachteten Reichskanzler Bismarck aus diesem Amt entließ, bereits ein bedeutender Industriestaat. Doch dem jungen, ehrgeizigen Kaiser genügte die scheinbar zweitrangige Position Deutschlands hinter den führenden Weltmächten England und Frankreich nicht. Er wollte Herr eines Weltreiches sein. Im Geiste sah er sich bereits als Oberbefehlshaber des stärksten Heeres und der mächtigsten Handels- und Kriegsflotte. Sein überhebliches Auftreten und seine Art, viel und gern ohne Selbstkontrolle „von der Ehre Deutschlands und dem Ruhm des deutschen Soldaten" zu reden, machten seine öffentlichen Friedensbeteuerungen fragwürdig.
Viele Bürger, die damals aufgrund der wachsenden Industrialisierung ihr Vermögen rasch vergrößern konnten, unterstützten diese „Weltpolitik" des Kaisers. Sie schlossen sich in Vereinigungen zusammen, um den Welthandel und die Weltgeltung des Reiches zu fördern. Einer der einflußreichsten Vereine war der „Alldeutsche Verband". Die „Alldeutschen", in deren Reihen Großkaufleute, Fabrikanten, aber auch Gelehrte, Gutsbesitzer und hohe Offiziere saßen, verbreiteten über wohlfeile Schriften überall im Reich ihre „deutschnationalen" Gedanken. „Wir sind bereit", hieß es in einem Text, „auf den Ruf unseres Kaisers in Reih und Glied zusammenzutreten ..., aber wir könnten dafür auch verlangen, daß uns ein Preis zufalle, der des Opfers wert ist: einem Herrenvolk anzugehören, das seinen Anteil an der Welt sich selber nimmt und nicht von der Gnade und dem Wohlwollen eines anderen Volkes zu empfangen sucht."
Solche Aufrufe warben für eine Rüstungspolitik, die von der Regierung betrieben wurde, wenngleich der Bau von großen Schlachtschiffen in der Öffentlichkeit mit friedfertig klingenden Gründen bemäntelt wurde. England fühlte sich durch das deutsche „Flottenbauprogramm" bedroht und versuchte, wenn auch vergebens, sich mit Deutschland über eine Beschränkung zu verständigen. – Ungeschickt und kurzsichtig betrieb der Kaiser auch Kolonialpolitik. Er überschätzte die ökonomische und politische Bedeutung der überseeischen Gebiete, die Deutschland damals erwarb. Zudem stand dieser Gewinn im krassen Mißverhältnis zu dem, was das deutsche Reich durch seine ungeschickte Politik an Ansehen einbüßte. Im Ausland glaubte man immer weniger, daß die Deutschen ein friedliebendes Volk seien. Es breitete sich die Meinung aus, daß sich diese Nation eines Tages mit Waffengewalt „einen Platz an der Sonne" erobern würde.

Schon im Jahre 1904 hatten England und Frankreich ein „Bündnis herzlichen Einvernehmens“ – die „Entente cordiale“ – geschlossen. Für viele Franzosen war seit der schmachvollen Niederlage von 1870/71 Deutschland der „Erzfeind“ geworden. Die Kolonialpolitik Wilhelm II. verstärkte diese deutschfeindliche Haltung. Das anfangs lockere Bündnis zwischen England und Frankreich von 1904 festigte sich im Laufe der nächsten Jahre. Da auch Rußland sowohl mit Frankreich als auch mit England Freundschafts- und Beistandsverträge abschloß, war Deutschland völlig isoliert. Denn was bedeuteten seine Bündnisse mit Österreich-Ungarn und Italien? Von Jahr zu Jahr erwiesen diese Bindungen sich als fragwürdiger. Denn war Österreich-Ungarn in einer Stunde der Gefahr wirklich ein verläßlicher Partner? Zwar nahm es sich auf der Landkarte aus wie ein gewaltiges Reich. Aber wer die Bestrebungen der slawischen Völker auf dem Balkan nach nationaler Souveränität kannte, ahnte zumindest im Juli 1914, daß die Tage dieses Vielvölkerstaates gezählt waren.
Am 28. Juni 1914 war der österreichische Thronfolger bei seinem Besuch in Serajewo, der Hauptstadt von Bosnien, von einem Mitglied einer serbischen Geheimorganisation ermordet worden. Viele Menschen auf dem Balkan sahen darin ein Signal, daß sich jetzt jede der slawischen Nationen erheben und von ihrem Recht der Selbstbestimmung Gebrauch machen müsse. In Wien wurde diese Gefahr erkannt, jetzt galt es, die „serbische Gefahr“ ein für alle Mal zu bannen. Dazu brauchte man allerdings die Hilfe des deutschen Bundesgenossen. Wilhelm II. versprach ohne zu zögern, daß er „jede österreichische Maßnahme in dieser Sache billige“. Österreich sah darin eine Blanko-Vollmacht und stellte am 23. Juli, nachdem es fast vier Wochen hatte verstreichen lassen, an Serbien ein Ultimatum, dessen Bedingungen absichtlich so gestellt waren, daß kein Staat der Welt sie annehmen konnte. Die Serben hatten mit Recht das Gefühl, daß ihre Selbständigkeit bedroht sei. Österreich betrachtete die Antwort Serbiens als endgültige Ablehnung und erklärte den Serben am 28. Juli den Krieg. Schon am Tage darauf befahl Rußland eine Teilmobilmachung, um die Serben zu unterstützen.
Das kaiserliche Deutschland hat also mit seiner „Blanko-Vollmacht“ den österreichisch-serbischen Krieg nicht nur möglich gemacht, sondern ihn ausdrücklich „gedeckt“ und damit einen Krieg mit Rußland und Frankreich bewußt in Kauf genommen. So oder ähnlich wird heute die geschichtliche Verantwortung des deutschen Reiches am Ausbruch des Ersten Weltkrieges beurteilt. Denn alles, was nach dem 28. Juli 1914 folgte – alle Vermittlungsversuche, den allgemeinen Krieg doch noch im letzten Augenblick zu verhindern – kamen zu spät. Die Staatsmänner hatten den militärischen Befehlshabern bereits die Voll-

Deutsche Soldaten im August 1914 – Truppentransport zur Westfront

macht gegeben, die Truppen aufmarschieren zu lassen. Niemand wagte, die einmal in Gang gesetzte Kriegsmaschinerie anzuhalten. Mit der Kriegserklärung des deutschen Reiches an Rußland und dem Befehl zur allgemeinen Mobilmachung in Deutschland begann am 1. August 1914 der Erste Weltkrieg.

Ein 37jähriger als Kriegsfreiwilliger – Hamburg im Rausch der Kriegsbegeisterung

Wie weit meine Eltern – Hannchen und Julius Boldt – damals die weltpolitischen Krisen überhaupt wahrgenommen, sie als Bedrohung ihres friedlich bürgerlichen Lebens empfunden haben, kann ich heute nicht mit Sicherheit sagen. Nur eines ist gewiß: Die beiden Vorkriegsjahre müssen für das Familienleben eine sehr glückliche Zeit gewesen sein. Pünktlich, neun Monate nach der Hochzeit, kam ich – Edith – als Erstgeborene zur Welt. Daß es „leider nur ein Mädchen“ war, wurde im engsten Familienkreis zwar bedauert, aber man tröstete sich rasch, als sich bald darauf eine zweite Schwangerschaft ankündigte. Diesmal, so soll Julius gesagt haben, wird es bestimmt ein „Gerhard“ werden.

Was Julius Boldt Ende Juli 1914 – als für die meisten Deutschen der Krieg unabwendbar schien – über die bevorstehende Mobilmachung gedacht hat, ist nicht überliefert. Doch weiß ich aus seinem Militärpaß, daß er sich als 37jähriger Reservist freiwillig zum Frontdienst meldete. Er gehörte nämlich einem Jahrgang an, den man 1914 noch nicht regulär zu den Waffen rief. Aber als „Kriegsfreiwilliger" konnte er schon im August 1914 als „Gefreiter der Landwehr" zum Infanterie-Regiment 84 nach Schleswig einrücken. Der Entschluß, seine

Der kriegsfreiwillige Landwehrmann J. Boldt 1914

patriotische Gesinnung ohne Zögern in die Tat umzusetzen, soll im Freundeskreis überall bewundert worden sein. Auch Hannchen und deren Eltern müssen diese Entscheidung, Frau und Kinder, ein gutgehendes Geschäft, das eine Familie ernährt, freiwillig zu verlassen, im ersten Überschwang nationaler Begeisterung bejaht haben, wie meine Großmutter oft erzählt hat. Dieser Schritt eines gestandenen Bürgers in solchen „Tagen höchster nationaler Not" war überhaupt kein Sonderfall. Der öffentlichen Meinung nach war Deutschland „eingekreist“ und mußte sich „gegen eine Übermacht von Feinden zur Wehr setzen“. Geschäftsleute, Handwerker, Beamte, Angestellte verließen von heut auf morgen ihre Arbeitsstätte. Sie trennten sich von Weib und Kind – und das längst nicht immer unter dem Zwang eines Gestellungsbefehls. Vielmehr waren solche Männer besorgt, daß sie vielleicht die ersten Tage des Krieges verpassen könnten. Man wollte dabei sein, möglichst ganz vorn, wo man handgreiflich und mit Lust (wie man es sich vorstellte) auf Franzosen und Russen eindreschen konnte.

Daß Julius Boldt, der – obwohl kein junger Mann mehr – im August 1914 kriegsbegeistert „zu den Fahnen eilte“ und alles, was bisher für ihn „bürgerliches Glück“ bedeutet hatte, weit hinter sich ließ, war also ein ganz normaler Fall. Vielleicht versteht man heute seinen Entschluß, wenn man sich klar macht, daß damals in den letzten Juli-Tagen 1914 viele Millionen Menschen in ihrer Begeisterung für einen bevorstehenden Krieg wie von einem Fieber ergriffen wurden, von einem nationalen Rausch, der sie aus allen Bindungen ihres bürgerlichen Lebens herauszureißen schien.

Wie sehr „die Welle der Kriegsbegeisterung“ Ende Juli 1914 etwa in der Bevölkerung Hamburgs überschäumte, kann in dem Buch „Kriegsalltag, Hamburg im ersten Weltkrieg“ des Historikers Volker Ullrich nachgelesen werden. (Siehe S. 111) Dort heißt es in Anlehnung an zwei Zeitungsberichte – im Hamburgischen Correspondent' vom 26. 7. 1914 und in den Hamburger Nachrichten vom gleichen Tage:

„Am Abend des 25. Juli 1914 wurde in Hamburg die Nachricht vom Abbruch der diplomatischen Beziehungen Österreich-Ungarns zu Serbien bekannt. Sie löste überschäumende Begeisterung aus. Vor den Redaktionen der Zeitungen sammelten sich erregte Menschentrauben, die sich um die noch feuchten Extrablätter rissen und die Neuigkeit von Mund zu Mund verbreiteten. Der Rathausmarkt, der Jungfernstieg und die anderen großen Verkehrsstraßen im Stadtzentrum boten ein Bild wie sonst nur am Vorabend des Hamburg-Derbys. Die Caféhäuser waren bis auf den letzten Platz besetzt, und überall gab es nur ein Gesprächsthema: der bevorstehende Krieg. ‚Der Gedanke, daß es sich um einen österreichisch-serbischen Konflikt handeln könnte, schien ganz ausgeschaltet zu sein ... Niemand wollte etwas von der Möglichkeit eines friedlichen Ausgleichs wissen‘...

Am höchsten schlugen die Wogen der Begeisterung im Alsterpavillon, einem beliebten Treffpunkt der vornehmen Hamburger Gesellschaft. „Die Kapelle mußte ohne Unterlaß spielen, und die Menschen, die sich dicht aneinander gedrängt um das Musikpodium geschart hatten, hatten pietätvoll die Häupter entblößt, sangen kräftig die patriotischen Lieder mit und schwenkten die Hüte durch die Luft ... Da klang der Radetzky-Marsch, und die Menge klatschte in die Hände, da klang es: ‚Gott erhalte Franz den Kaiser' und begeistert stimmten alle ein, dann wieder drangen die Töne von ‚Deutschland, Deutschland über alles', von ‚Es braust ein Ruf wie Donnerhall' und anderen gleich Donnerbrausen an das Ohr derer, die draußen vor den Türen des Pavillons warten mußten, weil drinnen auch nicht für einen Menschen mehr Platz gewesen wäre ..."

Wie Hannchen den Krieg erlebt

August 1914 – der Mann wird Soldat, die Frau übernimmt das Geschäft

Am 6. August 1914 stellt sich der Kriegsfreiwillige Julius Boldt bei seiner Einheit in Schleswig. Schon am 8. August bedankt sich Hannchen bei ihm für „Grüße und Nachrichten" auf einer Feldpostkarte. Von diesem Tag an gehen Briefe und Karten zwischen den Eheleuten hin und her. Anfangs schreibt Hannchen fast täglich; später, als Julius im Fronteinsatz steht, ist die Brieffolge unregelmäßiger. Der letzte Brief Hannchens – seit dem 17. Dezember 1914 schreibt sie ins russische Kriegsgefangenenlager in Krasnojarsk, Sibirien – ist datiert mit dem 1.1.1915. Ob Julius ihn noch hat lesen können, ist ungewiß. Er starb am 16. April 1915 an Typhus.
Von dieser Korrespondenz meiner Eltern sind nur die Briefe meiner Mutter erhalten, außer drei Briefen des Vaters. Die von Hannchen geschriebenen Briefe hatte Julius, auf die Bitte seiner Frau hin, gelegentlich in die Heimat zurückgeschickt. Dagegen hat sie fast alle Briefe von Julius vernichtet – es waren mehr als 50.

In Hannchens erstem ausführlichem Brief (9. Aug.) an Julius stehen Meldungen über aktuelle Kriegsereignisse im Vordergrund. Da heißt es: *„Lüttich haben die Deutschen ja schon genommen. Heute morgen steht in der Zeitung, daß der Dampfer ‚Königin Luise' in der Themse Minen gelegt hat und dabei ein Torpedoboot zum Sinken gebracht worden ist. Ein englisches Schiff ist durch diese Mine auch gesunken. Eine heldenmütige Leistung, nicht wahr? Sonst verlautet hier über Kriegssachen wenig. Leider hört man ja im Geschäft allerlei Gerüchte, die meistenteils unwahr sind. Von großen Gefechten mit 12000 Toten und Seeschlachten etc."*

Im gleichen Brief ein Bericht über die Tagesereignisse im Laden, über das Umpacken von Konserven, über Telefongespräche usw. *„Ich habe mich ins Geschäft nun schon ganz gut hineingefunden; nur eines macht mir immer noch Schwierigkeiten: das Bestellen und Einkaufen. Da vermisse ich Dich sehr. Die jungen Leute wissen auch nicht so recht damit Bescheid.“*

Die „jungen Leute“ gehörten in jenen Tagen zum Personal des Geschäftes. Mit Hermann, Gustav und Rudolf wurden sie angeredet. Außerdem gab es noch einen jungen Mann, den Kommis Kröger, ein

Standesbewußt wirbt der „Verein für Handlungs-Commis“ um die Jahrhundertwende

Handlungsgehilfe, der seine vier Lehrjahre bereits hinter sich hatte. Für dieses Personal war Hannchen, eine schwangere junge Frau, von heute auf morgen „der Chef“ geworden. Bisher hatte sie die Rolle der Hausfrau und Mutter ganz ausgefüllt. Nun mußte sie diese Aufgaben – den Haushalt und die Besorgung eines 1 1/2jährigen Kindes – ihrer etwa fünfzigjährigen Mutter überlassen, wenn sie von frühmorgens an ihren Mann im Laden und im Büro vertreten wollte. Beide Frauen haben oft beteuert, wie froh sie seien, durch ihre zusätzliche Arbeit „an der großen Sache mithelfen zu können“, „ihren Mann zu stehen“ da, wo jetzt „Not am Mann“ war.
Für Hannchen war der Sprung in die „Chef“-Rolle besonders schwierig, denn die Welt eines Kolonialwarengeschäftes war ihr bisher weitgehend fremd geblieben, und so ist ihre Klage verständlich:

„Sieh mal, mein Schatzel, dieses Hin und Her und dieses Nicht-Wissen, was tun, macht mich mitunter ein bißchen verstimmt. Das wird ja mit der Zeit besser werden, selbstverständlich. Aber jetzt bin ich zeitweilig gar nicht mit dieser Sache zufrieden. Da fehlt mir mein Schatzel, das sagt, so ist es und nun ist's fertig. Ich habe dadurch auch den Kopf so voller Gedanken, daß ich über etwas Außergeschäftliches kaum nachdenken kann. Das ist gut, denn wenn man zum Denken kommt, dann – na, jedenfalls ist's besser so. Mutter sagt auch, sie ist so zufrieden, daß sie oben den Haushalt hat. Mieze (sie ist mit Hannchens Bruder Carl H. verheiratet, der damals an der Westfront kämpft) ist so unglücklich dran und wirklich zu bedauern. Im Hause keine rechte Beschäftigung, zum Nähen keinen Mut und wohin immer, weiß sie nicht. Ihre Mutter sagt, sie sei zeitweilig so verstört, sitzt stundenlang auf dem Balkon und stiert vor sich hin und weiß nicht, was sie tut. Ich freue mich, daß ich Deine Arbeit, lieber Schatzel, in deinem Sinne weiterführen kann. Hoffentlich kommst Du wieder und kannst Deinen alten Posten wieder antreten. Ich habe die Hoffnung und vertraue Gott, daß er uns wieder zusammenführt. Ich bete jeden Abend für Dich, damit er Dich beschützt und behütet und tatsächlich gibt mir das einen solchen Mut, daß ich mich selbst darüber wundern muß.“

Am 14. August schreibt Hannchen: *„Gestern war es eine Woche, daß Du weg bist von mir; mich dünkt es schon so lange. Und wenn ich dann daran denke, wieviele Wochen es noch dauern kann, dann – na denken*

Das Boldt'sche Geschäft 1914

will ich gar nicht daran. Bei mir und in mir ist nur ein Wunsch: Laß es dauern, so lange, wie es will, nur komm wieder. Laß mich und das Pottchen nicht allein.

Ich trage zu dieser Zeit tatsächlich den schönen Namen „Pott" und zwar „der Pott", denn war eine Frau verheiratet und hatte ein Kind, dann sagte man damals in Hamburg „sie hat ihren Pott."
Und immer wieder klagt sie über die viele Arbeit im Geschäft. Am 10. August berichtet sie: *„Hier ist reichlich Arbeit. Gestern, Sonntag, haben die jungen Leute fleißig Konserven gepackt, bis 4 Uhr, dann tranken sie Kaffee und ich machte die Bude zu. Es kam doch keiner. Martens hatte bis 2, Jensen bis 5 Uhr auf. Es lohnt sich ja nicht. Das Geschäft läßt nach. Heute ist es sehr still. Du, Schatzel, das ist doch schön, daß ich bei Dir mal anfragen kann, denn zu fragen gibt es so manches."*

Der Ein- und Verkauf bringt selbstverständlich Probleme mit sich, besonders der von Honig und Schinken. Immer wieder kommt

Hannchen in ihren Briefen darauf zurück. Manchmal ist aber der Schinken oder der Honig nur der Anlaß, sich über die Art und Weise zu beschweren, wie sie als Frau angesehen und behandelt wird. Am 17. August schreibt sie ihrem Mann:

„Ins Geschäft habe ich mich nun schon schön eingelebt. Mit dem Schinken habe ich noch recht viel Scherereien gehabt. Heute habe ich Kröger nach Altona geschickt, um die Sache einmal in Ordnung zu bringen. Hoffentlich regelt sich jetzt alles. Wenn Du erst wieder am Ruder bist, kannst Du Dir den Mann ja mal ordentlich kaufen. Es ist unglaublich, wie kurz unsereiner abgefertigt wird. Nicht nur bei diesen, sondern auch in vielen Fällen mehr. Von der Post bin ich auch schon weggelaufen; willst Du irgendeine Auskunft haben, so wirst Du angefahren, weil Du dem Beamten etwas von seiner Zeit raubst. Aber allmählich komme ich hinter den Grundsatz meines Schatzeliebs. Nur nicht ärgern! Volkmann (ein Kunde) hat einfach so und so viel gestrichen, weil der Höchstpreis für Mehl jetzt 30 sei, 34 bezahlte er nicht. Ja, was macht man nun dabei? Aber, ich werde mir allmählich eine etwas dickere Haut zulegen müssen, das merke ich schon."

Hannchen macht sich Gedanken über den Krieg

Hannchens Interesse am Kriegsgeschehen ist groß. Sie sieht die kriegerischen Vorgänge zwar patriotisch, aber von Anfang an mit den Ängsten einer Soldatenfrau. Am 17. August stellt sie fest:

„Ihr sitzt ja noch ganz gemütlich an der Westküste Schleswig-Holsteins, da ist ja vorläufig noch nichts zu befürchten. Am Rhein scheint jetzt die Sache ernst zu werden. Der Kaiser ist nach der Westgrenze gereist und hat sein Hauptquartier nach Mainz verlegt; nun ist der Generalstab dort versammelt und man erwartet allgemein diese Woche eine Entscheidung, vielleicht auch schon größere Schlacht. Wir müssen abwarten; die Zeitung bringt auch nichts Positives über den Krieg. Carl (H.s Bruder) schrieb uns die letzte Karte aus Aachen. Die größte Macht des Heeres scheint ja, so wird viel erzählt, an der französischen Grenze zu sein. Jedenfalls und das ist sehr wahrscheinlich, wollen die Deutschen die Franzosen erst abfertigen. Die Sache mit Rußland wird noch hingehalten. England unternimmt, wie vorauszusehen war,

Schritte gegen deutsche Kolonien, bombardiert die Häfen dort drüben usw. Gerüchte über verschiedene Seegefechte, die stattgefunden haben sollen, sind widerrufen worden. Weniger angenehm zu lesen sind die Verlustlisten, die dann und wann erscheinen. Zwei sind bisher erschienen, jedenfalls von kleineren Gefechten. Die Verlustliste von Lüttich ist noch nicht bekannt. Die Greuel, die in Belgien stattfinden, sind gräßlich zu lesen. Von Kultur – keine Spur! Hier ist schon viel Einquartierung. Eimsbüttel hat schon Soldaten; auf der anderen Seite von der Mansteinstraße sind auch schon welche eingezogen. Vielleicht gibt es hier ja auch noch welche.“

Dazwischen gibt es Mitteilungen über das Familienleben, über *„Pottchens Sprachfortschritte“*. Hannchen denkt auch darüber nach, wie das Baby heißen wird, das in vier Wochen geboren werden soll und vergewissert sich, daß Julius mit dem Namen einverstanden ist. Dazwischen immer wieder Schinken, Honig, die jungen Leute, Ärger über Kunden, die nicht zahlen wollen oder können. Am 17.8. schreibt sie:

„Soldaten werden vorerst nicht mehr eingezogen, nur noch Handwerker, bes. Schneider und Schuster. Die sitzen in Wandsbek und müssen noch Uniformen und Stiefel machen. Schon vor ein paar Tagen hieß es, daß die Stellungspflichtigen keine Wäsche etc. mitbringen sollten, weil sie noch nicht fortkönnten. Die sich am 21. Tage melden sollten, brauchen vorläufig überhaupt nicht zu kommen. Viele, viele Männer, die schon ihre Arbeit aufgegeben hatten, sind jetzt arbeitslos. Und die Bettelei nimmt kein Ende. Konzerte zum Besten der Kriegskasse etc., natürlich viel erlogen.“ Mit einer persönlichen Ermunterung schließt dieser Brief: *„Daß Dir das Soldatenleben gut bekommt, freut mich. Nun kannst Du Dich mal ordentlich ausmarschieren. Marschiere nur so viel, daß Du gleich Vorrat hast. Denn Deine Frau kann's ja jetzt nicht so. Aber wenn Du wiederkommst, sollst mal sehen, wie schlank sie geworden ist.“* Doch schon am nächsten Tag klagt sie: *„Jetzt sind's 2 Wochen, daß Du fort bist; die Zeit schleicht, das ist gräßlich. Im Geschäft wird's immer stiller. Evers meinte letztens, das würde wohl noch viel mehr zurückgehen. Die jungen Leute räumen auf oder packen. Mit der Ladenkundschaft können 2 im Notfalle fertig werden. – Soeben bin ich vom Essen runtergekommen; es gab Pfannkuchen und Bickbeeren. (Blaubeeren/d. Verf.) Dabei hab ich Deiner gedacht,*

die hast Du immer so gern gegessen. – Aber – die Zeit wird sich wohl mal ändern und dann kannst Du ordentlich mitessen. Sag mal, Schatzel, ist mit getrockneten Champignons etwas zu machen, die voll Würmer und Motten sitzen? Hermann behauptet, du hättest gesagt: gut und sauber nachsehen; daß das gehen soll, kann ich mir garnicht vorstellen; denn sie sind ziemlich zerfressen. Schreibe mir bitte, was damit zu machen ist.“

„Warum mußtest Du Dich freiwillig melden?“

Nach zwei Wochen Alleinsein überlegt Hannchen, ob sie nicht trotz Schwangerschaft ihren Mann besuchen sollte.

„Ich möchte Dich so gern mal wiedersehen und wenn Du etwas näher wärest, wäre ich schon bei Dir. Aber so ist's ja unter den heutigen Verhältnissen eine Tagesreise.“ schreibt sie am 20. August, und als Julius mit seiner Einheit von Schleswig aus in die Gegend von Rendsburg, nach Neu-Börm verlegt wird, schreibt sie ihm: *„... nach Neu-Börm ist wohl zu umständlich, nicht wahr? Da käme ich vor Sonntag-Abend nicht an, wer weiß, ob ich überhaupt Anschluß hätte.“*

Julius muß ein beliebter Geschäftsmann auf der Hohenluftchaussee gewesen sein, denn einen großen Raum in Hannchens Briefen nehmen die Grüße ein, die sie übermitteln soll. Am 14.8.: *„Hier im Laden wird so häufig nach Dir gefragt und ich soll Dir so viele, viele Grüße bestellen, daß ich sie mir alle aufschreibe, um keinen zu vergessen.“* Dann folgt eine lange Reihe von Namen und *„Der alte Herr Hülse läßt Dir besonders herzliche Grüße bestellen und freut sich schon, wenn Du wieder hier bist und mit ihm als Kampfgenosse erzählen kannst.“*

Wenn Hannchen auch auf ihren kriegsfreiwilligen Julius stolz ist, so beneidet sie doch alle Frauen, die ihren Mann noch daheim haben. *„Mitunter denke ich, wenn ich so manchen Landsturmmann hier noch laufen sehe, warum kann das nicht Schatzel sein? Aber, da läßt sich ja nichts ändern und alles Jammern und Klagen nützt nichts. Wir müssen uns fügen und wir wollen's auch gerne, wenn nur alles gut ausläuft.“* An anderer Stelle heißt es: *„Herr K. ist noch nicht fortgekommen. Er* *ist unglücklich darüber, sie garnicht. Die Glückliche; sie hat ihren Mann noch, nur meiner mußte gleich fort. Auch nicht einmal besuchen kann ich ihn.“* – Diese Klage kehrt in den Briefen immer wieder: *„Zahnarzt Förster und Herr Kruse laufen hier in Soldatenzeug herum, sind aber noch alle in Hamburg bei ihren Frauen und Du bist so weit weg!“* Und am 8. September: *„Wie beneidet man jetzt alle die Frauen, die ihren Mann bei sich haben. Sind diese Gedanken nicht eigentlich einer deutschen Frau unwürdig? Und doch sind sie da! Was für eine Menge gesunder, kräftiger Kerle laufen hier noch umher. Wenn man die alle ausheben würde, gäb's noch ein ganzes Armeekorps. Herr Haß ist heute auch von Berlin gekommen und hat sich Urlaub bis Freitag abend mitgebracht. Erst war Frau Haß in Berlin bei ihrem Mann und jetzt ist Herr Haß bei seiner Frau zu Besuch. Daß man da ein wenig neidisch wird, ist wohl zu denken.“*

Kriegsalltag in Hamburg

In vielen Briefen schildert Hannchen, was sich auf den Straßen ereignet. In einem August-Brief heißt es:
„In Hamburg ist jetzt buntes Bild; viele Soldaten, besonders viele alte Leute marschieren hier vorbei, Frauen zur Seite ihrer Männer, singend, pfeifend od. einer bläst die Mundharmonika. Pfadfinder spielen Briefträger, das Straßenfegen besorgen die Frauen und die Straßenbahn hat auch schon Frauen angestellt. Männer siehst Du weniger, bes. Sonntags pilgern die Frauen alleine los mit Kind und Kegel. Abends herrscht Dunkel auf der Straße; nur 1/4 Beleuchtung und dazwischen Kinder mit Laternen ziehend.“

Das friedliche Bild ist für Hannchen immer wieder ein Anlaß, festzustellen, daß sie allein ist: *„Es läuft auch noch so manch' stämmiger Kerl hier in Zivil herum. Warum mußtest Du fort? Allerdings, Dich hätte es im Haus garnicht geduldet – aber ich hätte doch, vorerst wenigstens noch bei Dir sein dürfen. Nun, durch müssen wir, es hilft alles nichts;" deshalb laß ich mich doch nicht unterkriegen.“*

Es scheint oft so, als ob Hannchen sich aus solchen melancholischen Betrachtungen durch politische und militärische Erwägungen selber herausreisse: *„In der Politik zieht sich's immer mehr zusammen,*

Japan hat Deutschland ein Ultimatum gestellt, nach welchem sämtliche deutschen Schiffe die Häfen dort zu räumen haben und Kiautschou (Hafen an der chinesischen Küste, seit 1898 deutsches Pachtgebiet) bis zum 15. Sept. an Japan abgetreten sein soll. Was wollen wir da machen? Wir müssen stillschweigen und da hineinwilligen. Die nordischen Staaten Schweden, Dänemark und Norwegen verhalten sich ja vorläufig noch neutral. Wie lange? Heute muß man auf alles gefaßt sein. Heute Morgen traf auch die Nachricht vom Ableben des Papstes ein. In Frankreich zieht sich's immer mehr zusammen. Jetzt liegen die Deutschen vor Namur; nördlich von Namur haben schon kleine Gefechte stattgefunden, in denen die Deutschen gesiegt haben sollen. Ausländische Zeitungen berichten von deutschen Niederlagen. Schatzel, wie soll das bloß noch werden? Und all das Elend, die Not und Arbeitslosigkeit. Ich mag garnicht hingehen und mir Unterstützung holen; es gibt ja so viele Leute, die viel, viel bedürftiger sind."

Und einen Tag später: *„Hier im Laden wird viel erzählt, daß in der Nacht von Mittwoch auf Donnerstag 12 Züge mit Militär von Schleswig nach Hamburg gekommen seien in Richtung nach Frankreich. Also, wer kann's wissen, wo Du steckst. – Soeben ist hier große Schreierei: Extrablatt! (Amtlich bestätigt) „Großer Sieg zwischen Metz und den Vogesen. Mehrere tausend Gefangene und zahlreiche Geschütze erobert. Unter Führung seiner Königlichen Hoheit des Erbprinzen von Bayern haben Truppen aller deutschen Stämme gestern in Schlachten zwischen Metz und Vogesen einen Sieg erkämpft. Der mit starken Kräften in Lothringen vordringende Feind wurde auf der ganzen Linie unter schweren Verlusten geworfen. Viele tausend Gefangene und zahlreiche Geschütze sind ihnen abgenommen. Der gesamte Erfolg läßt sich noch nicht übersehen, da das Schlachtfeld einen größeren Raum einnimmt, als in den Kämpfen von 1870/71 unsere ganze Armee in Anspruch nahm. Unsere Truppen, beseelt vom unaufhaltsamen Drange nach vorne, folgen dem Feind und setzen den Kampf auch noch heute fort."* – Und etwas später am gleichen Tag: *„Hier in Hamburg die Soldaten machen einem wirklich Freude. Die alten Mannschaften, wenn sie müde heimkommen vom Marsch, Mut zum Singen ist immer da. ‚Es braust ein Ruf wie Donnerhall' und viele andere Soldatenlieder aus hundert und mehr rauhen Männerkehlen. Mir steigt's jedesmal heiß in die Augen, wenn ich denke, daß Du jetzt auch so einer unter den vielen bist. Mitunter*

Die Wacht am Rhein.

Es braust ein Ruf wie Donnerhall,
Wie Schwertgeklirr und Wogenprall:
Zum Rhein, zum Rhein, zum deutschen Rhein!
Wer will des Stromes Hüter sein?
Lieb' Vaterland, magst ruhig sein,
Fest steht und treu die Wacht am Rhein!

Durch Hunderttausend zuckt es schnell,
Und Aller Augen blitzen hell,
Der deutsche Jüngling, fromm und stark,
Beschirmt die heil'ge Landesmark.
Lieb' Vaterland, magst ruhig sein,
Fest steht und treu die Wacht am Rhein!

Er blickt hinauf in Himmelsau'n,
Wo Heldengeister niederschau'n,
Und schwört mit stolzer Kampfeslust:
„Du Rhein bleibst deutsch wie meine Brust."
Lieb' Vaterland, magst ruhig sein,
Fest steht und treu die Wacht am Rhein!

„Und ob mein Herz im Tode bricht,
Wirst du doch drum ein Welscher nicht;
Reich wie an Wasser deine Flut
Ist Deutschland ja an Heldenblut."
Lieb' Vaterland, magst ruhig sein,
Fest steht und treu die Wacht am Rhein!

„So lang ein Tropfen Blut noch glüht,
Noch eine Faust den Degen zieht,
Und noch ein Arm die Büchse spannt,
Betritt kein Feind hier deinen Strand."
Lieb' Vaterland, magst ruhig sein,
Fest steht und treu die Wacht am Rhein!

Der Schwur erschallt, die Woge rinnt,
Die Fahnen flattern hoch im Wind:
Zum Rhein, zum Rhein, zum deutschen Rhein!
Wir Alle wollen Hüter sein!
Lieb' Vaterland, magst ruhig sein,
Fest steht und treu die Wacht am Rhein!

marschieren auch die Frauen zur Seite. Auch bekränzt die Gewehre, Blumen im Knopfloch, große Heidesträuße in der Hand, so kommen sie vorbei. Ein Bild der Freude und des Stolzes und doch wieder der stillen Wehmut."

Am 22. August ergänzt Hannchen ihre Siegesmeldung : *„Der Sieg von Metz, den ich Dir im letzten Brief schrieb, hat 10000 Gefangene und 50 Geschütze eingebracht. Die Begeisterung war groß. In Berlin sind zur Feier sämtliche Schulen geschlossen, in Hbg. haben einzelne Schulen auch keinen Unterricht."* Auch Hannchens Mutter, meine Großmutter, schließt sich diesen patriotischen Schilderungen an: *„Heute marschierten 4 Partien Soldaten alle im Drillichanzug hier vorbei, aber ein Gesang aus vollem Herzen. Überall wird exerziert, die waren hier auf dem Spielplatz. Auf dem Platz bei der Hochbahn, überall werden Soldaten gedrillt."*

Alltagssorgen – Zukunftssorgen

Mancher Hannchen-Brief beginnt mit einer Klage: *„Der 3. Sonntag ohne meinen guten Mann! Und wie lange soll es noch währen? Aber daran wollen wir ja auch nicht denken!“* Der Kummer mit ihrer Schwester Martha kommt hinzu: *„Martha geht es garnicht gut. Augenblicklich hat sie fast täglich einen Anfall. Papa hat doch ein neues Mittel für sie schicken lassen, das scheinbar garnicht anschlägt. Du kannst Dir ungefähr Papa's Mißmut vorstellen und seine Launen fängt er auch wieder an.“* Aber es gibt auch Positives zu berichten: *„Die Lütt' ist ja auch ein zu unruhiges Geistlein, sie unterhält sich den ganzen Tag, alles will sie nachsprechen. Mich nennt sie jetzt ‚Mutter'. Bloß mitunter will ihr das nicht in den Sinn, dann schüttelt sie energisch den Kopf und sagt: Nein, nein, Mama. Sie schläft jetzt des Nachts recht unruhig, ich glaube, die Backenzähne machen ihr viel zu schaffen. Übrigens wünscht sie sich ein bebe!“*

Doch dann läßt sich Hannchen auch wieder gern durch aktuelle Nachrichten ablenken: *„Soeben gibt mir Frl. Petschmann ein Extrablatt hinein: (sie weiß, daß ich auf jede Nachricht warte) wieder deutsche Siege: ‚Nördlich von Metz hat der deutsche Kronprinz mit seiner Armee im Vorgehen gegen den gegenüberstehenden Feind diesen gestern siegreich zurückgeworfen. – Die in Lothringen siegreiche Armee unter Führung des Kronprinzen von Bayern hat die Verfolgung des geschlagenen Feindes auf der Linie Luneville-Blamont (Lothringen) fortgesetzt. – Vor Namur (Belgien) donnern seit vorgestern Abend deutsche Geschütze.'* Soweit das Extrablatt, und Hannchen fügt hinzu: *„Alles ist begeistert! Nur das Weh und Ach, das hinterherkommt. Gestern erschien die 6. Verlustliste mit über 800! Das ist der Krieg. Er gibt und nimmt. Für die Zurückbleibenden geht die Sache noch viel zu langsam.“*

Zwei Tage später sucht Hannchen einen Kunden in der Innenstadt auf. Sie schreibt: *„Da ich nun einmal unterwegs war, bin ich gleichzeitig bei der Polizeibehörde vorgewesen. Ich bekam ohne weiteres 20,83 ausgezahlt und jeden 1. und 16. im Monat darf ich mir Unterstützung holen. Das hatte ich garnicht erwartet. Mir wurde gesagt, die Verhältnisse würden erst gründlich geprüft, aber ich wurde nur gefragt, ob ich Vermögen oder Ersparnisse hätte; als ich verneinte, wurde mir ohne*

Weiteres das Geld ausgeliefert." Und dann beschreibt sie ihre Eindrücke in der Stadt: *„Alles prangt infolge des Sieges im Flaggenschmuck. Die Geschäfte in der Stadt schließen alle schon um 7 Uhr. Die Putz- und Konfektionsgeschäfte bringen jetzt schon Trauerkleidung. Trostlos, nicht wahr? Aber Geschäft ist Geschäft.*" Als sie am Abend dieses Tages weiterschreibt, steht da der Satz: *„Weiß Du, Schatzel, was ich möchte. Den Kopf an Deine Brust legen und weinen bis drinnen alles still ist.*"

Dann schlägt ihre Stimmung wieder um und sie meint: *„Schönen Dank für die Nachrichten, die ich von Dir immer bekomme. Ich bin doch eigentlich zu beneiden, ich kann meinem Mann schreiben und bekomme, wenn's auch lange dauert, Antwort auf meine Briefe. Wenn's irgend geht, schreibe mir nur täglich etwas, das ist dann immer mein Trost. Wie ich Dir wohl schon einmal schrieb, bekommst Du von mir täglich Nachricht, meistenteils Briefe. Es gibt ja auch immer so viel zu berichten.*" Und im gleichen Brief: *„Heute Nachmittag kam die Nachricht von der Einnahme Namurs. Die Stadt und 5 Forts sind genommen. 4 Forts sind noch nach. Ach, wenn doch erst mit den Franzosen abgerechnet wäre, dann wäre schon der größte Teil getan. Man kann die Zeit garnicht mehr abwarten. Die Engländer verhalten sich ja noch ruhig; die Russen versuchen in deutsches Gebiet einzudringen. Soweit von Politik!*"

Als Hannchen das schreibt, denkt sie gleichzeitig an die bevorstehende Entbindung. Selbstverständlich ist eine Hausgeburt geplant, denn nur in komplizierten Fällen ging damals eine Frau in ein Krankenhaus. Es gab in allen Stadtteilen durch Mundpropaganda empfohlene Hebammen, bei denen der geschätzte Termin der Geburt rechtzeitig vorgemerkt wurde und die auch die Voruntersuchungen durchführten. Hannchens Hebamme, Frau Giese, wird zum ersten Mal im Brief vom 25. August erwähnt: *„Frau Giese kam mal rein. Selbige kam von Frau Winter, (auch in anderen Umständen, aber im 1. Monat). Herr Reichelt und Herr Winter sind auch schon fort. Frau Giese fragte mich, ob ich nähren wollte (weil Mama meint, ich solle es garnicht erst anfangen) aber ich will dem Kind die Brust geben; die zehn Minuten will ich schon überhaben. Aber nähren will ich unter jeden Umständen (Frau Giese meinte sogar, wenn's schlimm wird, bringen wir Ihnen das Kleine runter und Sie nähren unten). Siehst Du, es gibt für alles einen Ausweg und es muß auch so gehen. – Im Geschäft geht's nun wieder seinen alten Gang.*"

Am 27. August erfährt Hannchen, daß ihr Mann nicht mehr im sicheren Schleswig-Holstein sitzt, sondern sich bereits auf der Fahrt an die Ostfront befindet. Wahrscheinlich um sich selbst von einem Alptraum zu befreien, schreibt sie betont heiter: *„Ja, das glaube ich, daß Dir das Umherreisen mehr Spaß macht wie das Quartier in dem alten Nest da oben. Sieh Dir nur ordentlich die Welt an, sobald bekommst Du nachher keinen Urlaub mehr. Es ist recht, daß Du Dir den Osten aussuchst. An den Rhein wollen wir doch zusammen, nicht wahr! Später, wenn die Kinder größer sind. Ich will nicht mehr daran denken, daß Du nun an die Grenze kommst, sondern ich will nur dem lieben Gott dankbar sein, daß Du noch gesund bist und will ihn immer auf's Neue bitten, daß er Dich mir beschützen und erhalten soll."* Und im gleichen Brief: *„Weißt Du, Schatzel, was Du mal sehen müßtest? den Patriotismus der beiden Häuser 88+86 in der Hoheluftchaussee. Alles voll von Fahnen und Flaggenschmuck, bei Hass, Schlömer, Dührkopp, Häfner, Ernst usw. Mindestens 8 – 10 Stück. Sogar unsere kleine Edith hat eine 10 Pf.-Fahne herausgesteckt."* Hannchen fängt jetzt an, mich in ihren Briefen „Edith" zu nennen, schildert mich als eine „Kratzbürste". *„Na, vorläufig muß nun alles seinen Gang gehen; den Eigensinn wirst Du ihr nachher schon wieder austreiben; das ist ja schließlich das Wenigste."* Über die Zeit und das Geschäft schreibt sie: *„Die Konkursnachrichten in der Zeitung mehren sich zusehends. So mancher wird jetzt abschwimmen müssen, dem der Boden unter den Füßen zu seicht wird. – Von Geschäftsleben kann man bald nicht mehr reden. Abends, wenn's dunkelt, in keinem Schaufenster Licht, überall nur das Allernotwendigste. Wir brennen über jeder Tonbank nur eine Flamme. Mancher weiß ja auch zu erzählen, daß die Geschäfte im Winter um 7 Uhr geschlossen werden sollen. Ich glaube es noch garnicht. Leben ist überhaupt nur in den Lebensmittelgeschäften zu merken. Die anderen sind tot. Storm (eine Kneipe an der Ecke) allerdings kann nicht über schlechte Zeiten klagen. Bei dem ist Abends alles voll. Er schimpft auf den 11 Uhr-Schluß, der ihm soviel Abbruch tut."* Dann über ihr eigenes Geschäft: *„Wie die Deutschen sich gegen ausländische Produkte verhalten, grenzt bald ans Lächerliche. Engl. Marmelade ist verpönt, franz. Camembert will kein Mensch; selbst von den Bonbongläsern haben wir die Streifen einer englischen Firma entfernen müssen."*

Zur gleichen Zeit eine Mitteilung zur Kriegslage: *„Gestern kam die Nachricht von der Erstürmung Namurs (alle Forts gefallen) und einer* *siegreichen Schlacht bei Longny! Diese Begeisterung und dieser Jubel! Belgien ist nun ganz in deutscher Verwaltung. Nun sind's bis Paris nur noch 200 km."*

„Aber denke auch ein klein wenig an Weib und Kind"

In ihrem Brief vom 29. August macht Hannchen sich selber Mut und verscheucht ihre berechtigten Sorgen: *„Armes Schatzel, 60 Stunden kein Schlaf, das ist ja beinahe menschenunmöglich. Da seid Ihr ja schon tot, wenn Ihr hinkommt. Nun, hoffentlich triffst Du es nun mit Deinem Quartier besser. Oder macht ihr jetzt auf dem Felde Quartier? Heute mittag kam wieder die Nachricht von einem großen Sieg über die Russen zwischen Gilgenburg und Ortelsburg (Ostpreußen). 5 Armeekorps sollen in die Flucht geschlagen sein. Paß' nur auf, wenn Du hinkommst, ist alle Arbeit getan. Macht nur da auch so schnell wie in Frankreich, dann dauert es wohl nicht mehr so lange. In Frankreich sind die Deutschen ja nur noch 100 km, das sind 2 Stunden Bahnfahrt, von Paris entfernt. Heute in der Morgenausgabe wurde von der Stürmung des stärksten Sperrforts Manonviller berichtet. Hier in Hamburg ist etwas an Kriegsbegeisterung gefällig! – Da wir noch herrlich warme Abende haben, wird viel illuminiert. Auch Feuerwerk wird allerhand schon verknallt. Bis Sedan können die Kinder garnicht warten. Man erwartet ja, daß die Deutschen am Sedantag in Paris sind. Nun, das sind noch 4 Tage hin. Wir wollen's ja hoffen, doch abwarten müssen wir auch lernen. In der Stadt die Siegesbegeisterung soll ja sehenswert sein. – Die Menschen sind alle Brüder. Es redet einer mit dem anderen; am Rathaus zeigen sich Senatoren und Bürgermeister und halten Ansprachen an das begeisterte Volk, dann werden Hoch's ausgebracht und die deutsche Nationalhymne gesungen. Hamburgs Kirchen läuten bei jeder eintreffenden Siegesnachricht. Soeben kommt Herr Thomke und berichtet, daß in der Stadt bekanntgegeben worden sei: Antwerpen sei genommen. Nun, dann kommen hier auch bald die Extrablätter. Das geht ja wie am Schnürchen. Schlag auf Schlag. Möge der Kriegsgott den Deutschen weiterhin gnädig sein."*

Im gleichen Brief schreibt sie über ihren Ärger mit ihrem Handlungsgehilfen Kröger: *„Kröger will sich am Montag freiwillig stellen. Ich* *bin froh, daß ich ihn los bin. Er hat mir zum Schluß noch viel Ärger gemacht. Er wollte mich wegen Gehalt bis Oktober verklagen. Nun, laß kommen, wie's will; ich werde bei kleinem ein wenig ruhiger dazwischen, wenn ich auch heute morgen am liebsten geweint hätte vor Ärger. Aber angesichts der Kundschaft mußte ich mich ja beherrschen. Wenn's auch viel Mühe gekostet, aber es ging."*

Am gleichen Tag schickt sie Julius noch eine Feldpostkarte wegen eines neuen Extrablattes: *„Ein Seegefecht bei Helgoland. Mehrere engl. Kreuzer und 40 Zerstörer sind bei neblichtem Wetter bei Helgoland aufgetaucht und haben dort die Flotte beschossen. Leider sind 4 Schiffe dabei verloren gegangen. SMS Ariadne, Torpedoboot V/187, Kreuzer Kolberg und Kreuzer Mainz. Ja, auch damit muß man rechnen. Ich schrieb Dir übrigens im Brief über Antwerpen. Amtliche Bestätigung ist bis jetzt noch nicht da."*

Am letzten Tag des Monats schreibt Hannchen: *„Endlich, endlich ist der August vorbei, der Monat, der uns soviel Kummer und Sorge gebracht hat. Und wer weiß, was noch die folgenden Monate alles bringen werden. So lang wie diesmal ist mir auch noch kein Monat geworden. Gestern hat Du nun keinen Brief bekommen, oder vielmehr, geschrieben habe ich wohl einen, nur keinen abgeschickt. Und das kam so: Gestern abend hatte ich so die Stimmung, in der man sich am liebsten mal ausweint und jemandem sein Herz ausschüttet. Das habe ich auch redlich getan. Hast Du's gehört? (Nein! Freut mich!) Einen langen Brief habe ich geschrieben abends 11 Uhr, als alles schlief und Dir mein ganzes Herz ausgeschüttet. Das tut gut, glaube mir's nur. Und heute morgen habe ich den Brief weggesteckt und mir gesagt, so, der kommt nicht fort. Seinen Zweck hat er ja schon erfüllt; er hatte mir Erleichterung gebracht und das war die Hauptsache. Ob er Dir Freude gemacht hätte, wer weiß? Vielleicht in so fern, als er von mir kam, aber sonst. – Meinetwegen kannst Du ihn lesen, wenn wir wieder beisammen sind, – aber vorläufig laß' ihn nur liegen. Du brauchst es nicht zu wissen, daß Deine Frau mitunter doch recht verzagt ist, trotzdem die Leute sich wundern, wie tapfer ich durchhalte. Aber – ins Herz kann niemand sehen. Da ist eine große Sehnsucht drinnen, eine Sehnsucht nach der einzigen Seele, die mich verstanden hat und die mich verstehen kann – und der Mensch, dem diese Seele gehört, der ist so weit, weit fort. Aber er kommt wieder, das ist mein*

Trost und dann ist das Verstehen noch mal so schön. Meinst Du nicht auch, Schatzel? –

Gestern war der 4. Sonntag, den ich ohne Dich verleben mußte. Wieviele mögen es noch werden? Solange ich Beschäftigung habe, und nicht zum Denken komme, geht es ja. Aber meistens Abends oder auch Sonntags, wenn eine sogenannte Ruhepause eintritt, kommen die Gedanken und packen mich. Und dann diese ewigen Fragen: Warum? Warum? Da gibt keiner Antwort. Du bist so weit, so unendlich weit. Gestern, Sonntag abend, habe ich wohl über eine Stunde allein auf dem Balkon gesessen und habe an Dich gedacht. Da kamen langsam die Tränen gerollt, das war wie eine Erleichterung. – Morgen ist unser 2¼ jährlicher Hochzeitstag! Und am 5. wird unsere Edith 1½ Jahr! Denkst Du daran? Dann soll dieser Monat uns noch einen denkwürdigen Tag bringen. Weißt Du, mein Lieb, vor was ich mich fürchte? Vor dem Wochenbett. 10 Tage liegen, ohne Arbeit, allein mit den tollen Gedanken, ohne Dich! Das wird manche Träne kosten; denn alles hinunterwürgen, tut auch nicht gut. Nun – es muß gehen. Wenn das nur erst alles vorüber ist, vielleicht gibt es sich dann – wir müssen abwarten. Lieb Schatzel, eine große Bitte hab ich an Dich: Dein großer Patriotismus und Dein unerschütterlicher Mut sind ja sehr, sehr lobenswert. Nur denke auch ein ganz klein wenig an Weib und Kind. Ich meine damit, daß Du mir doch entschieden mehr Ruhe geben würdest, wenn ich Dich an weniger gefährlicher Stelle weiß. Ich begreife Dich wohl, wenn Du schreibst, daß Du Dein Vaterland gerne mit der Waffe in der Hand verteidigen willst. Die feindliche Kugel fragt nicht danach. Denke doch in dieser Beziehung ein wenig an mich. Dieses Bangen und Sorgen um einen lieben Menschen mußt Du Dir doch auch vorstellen können. Nur um mir mehr Ruhe zu geben, halte Dich zurück. Gewiß – Du könntest sagen, wenn jeder so dächte, wo wären wir Deutschen dann wohl? Du hast recht und ich will Dich auch nicht abhalten, der Stimme Deines Innern zu folgen, nur ein wenig denke an mich, denn es liegt doch (ob jetzt noch, weiß ich nicht) mitunter in Deiner Hand, darüber zu entscheiden. Die Eltern können es ja nicht begreifen, warum Du eine Gelegenheit, etwas aus dem Druck zu kommen, Dir hast entgehen lassen. Ich verstehe Dich wohl; nur, wie gesagt, es wäre mir lieber, Dich an einem gesicherten Posten zu wissen als mitten in Feindesland.“ Und wie um sich für das Geschriebene zu entschuldigen fügt sie gleich darauf in einer Klammer hinzu: „*Siehste,*

nun hast Du Deine Gardinenpredigt weg! Ob nah oder fern – das ist egal und Papier ist ja so geduldig."
Im gleichen langen Brief schreibt H. später: *„Noch eine Geschäftsänderung habe ich eintreten lassen. Ich zahle Rabatt nicht aus, sondern gebe nur Stempel, die nach dem Kriege eingelöst werden. Denn Bargeld kann man jetzt nicht genug haben. Ich dachte, auch Weihnachten die Leute damit zu vertrösten, wenn der Krieg vorbei, dann gibt's etwas. Wie denkst Du darüber? Ist's so richtig oder nicht?"*

Zum historischen Hintergrund: Das Kriegsgeschehen im August 1914

Am 1. August 1914 hatte das deutsche Reich Rußland den Krieg erklärt, am 3. August folgte die Kriegserklärung an Frankreich. Als am 2. August starke deutsche Truppenverbände in Belgien einrückten, war für England dieser Bruch der belgischen Neutralität der Anlaß, Deutschland ebenfalls den Krieg zu erklären. Engländer und Franzosen (Vgl. S. 24) wollten verhindern, daß sich die Deutschen an der belgischen Küste (Flandern) für alle Zeiten festsetzten.
Das deutsche Reich hatte also vom ersten Tag an einen Zweifrontenkrieg zu führen. Für diese Situation lag im kaiserlichen Kriegsministerium ein ausgearbeiteter Kriegsplan vor. Danach nahm man an, daß die Russen im Kriegsfall viel Zeit brauchen würden, ihre Armeen an der Grenze Ostpreußens aufmarschieren zu lassen. Deshalb plante die deutsche Kriegsführung, den Generalangriff vorerst im Westen zu führen und im Osten vorläufig eine hinhaltende Verteidigung durch eine einzige Armee aufzubauen. Am 10. August 1914 hatte diese Armee in Ostpreußen ihre Verteidigungsstellung bezogen. Als nun wider Erwarten wenige Tage später zwei russische Armeen die deutsche Grenze überschritten – eine aus dem nordöstlichen Raum vorstoßend, die andere von Süden kommend, konnten die Russen weite Gebiete Ostpreußens ohne nennenswerten Widerstand erobern. Der deutsche Armeeführer, der eine Umklammerung der deutschen Einheiten durch die zahlenmäßig überlegenen Truppen der Russen verhindern wollte, befahl die Räumung Ostpreußens bis zur Weichsel. Eine Niederlage schien sich anzubahnen, als die Russen ostpreußische Dörfer und Städte besetzten. (Über die Wende in die Kriegsführung an der Ostfront s. S. 55)
Im Westen sollte nach dem vorliegenden Kriegsplan Frankreich in einem blitzartigen Zugriff von Norden her überrannt werden. Dieser Überfall setzte allerdings voraus, die neutralen Länder Luxemburg und

Belgien ohne Vorankündigung als Aufmarschgebiet zu benutzen, um den Feind von dort her zu überrumpeln, während deutsche Truppen an der französischen Grenze in Elsaß-Lothringen nur zum Schein einen Großangriff vorzutäuschen hätten. Denn die Masse der deutschen Heeresverbände (fünf Armeen) sollten aus dem Raum von Aachen und von der oberen Mosel her westlich marschierend Belgien und Luxemburg durchstoßen, um nach Nordfrankreich einzuschwenken.
Nach diesem Plan verlief in den ersten Augustwochen 1914 der deutsche Angriff genau so, wie es die Strategen vorausgesagt hatten: Aufgrund der rücksichtslosen Verletzung belgischer Neutralität gelang den Deutschen, wie es die Skizze ausweist, die französischen Streitkräfte in einem gewagten Unternehmen zu umgehen und von der Flanke her einzukesseln. Am 6. August wurde Lüttich erobert. Am 20.8. besetzten deutsche Truppen nach harten Kämpfen die belgische Hauptstadt Brüssel. Andere Verbände stießen an Namur vorbei, und am 30. August erreichte der rechte Flügel der deutschen Armee St. Quen-

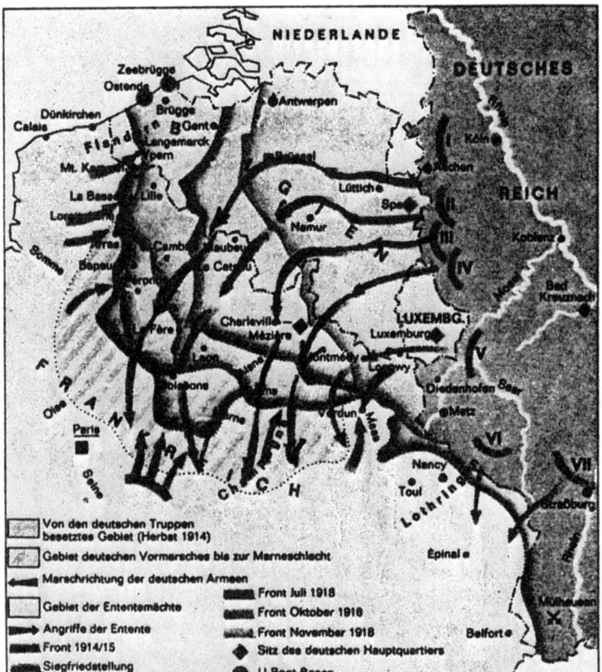

Der Kriegsverlauf im Westen 1914–1918

tin. Reims wurde am 3. September erobert. „Die Deutschen stehen in breiter Front an der Marne" meldete das kaiserliche Hauptquartier Anfang September. Einzelne Reiterverbände waren bereits so weit vorausgepescht, daß sie in der Ferne den Eiffelturm in Paris erkennen konnten.
Doch an den Ufern der Marne stockte der deutsche Vormarsch. Die erschöpften Truppen trafen nach verlustreichen Kämpfen auf einen Gegner, der jetzt erbittert, um der Umklammerung zu entgehen, erfolgreichen Widerstand leistete. Am 9. September brachen die Deutschen ihre Offensive ab. Ihr Ziel, Paris rasch zu erobern, hatten sie nicht erreicht.

Sedantag 1914 in Hamburg

„Heute ist Sedantag!" schreibt Hannchen am 2. September 1914. *„Weißt Du noch, wie's im vorigen Jahr war? Es war an einem Dienstag und weil Sedan war, bliebst Du vom Eilbeker Quartett zu Hause und dann haben wir beide hinten auf dem Balkon gestanden und haben uns das Feuerwerk und die Lampignons angesehen. Es war ein buntes Bild. Weißt Du noch? Ich sehe alles im Geiste vor mir. Und dieses Jahr! – Wer hätte das gedacht oder auch nur ahnen können, daß es dieses Jahr so ganz, ganz anders sein würde. – Nun, wir wollen hoffen, daß wir nächstes Jahr wieder beisammen feiern können, nicht wahr? Schön ist diese Zeit ja nicht und leicht ist sie auch nicht. Aber sie muß überstanden werden. Wenn alles gut ausklingt und alles nachher wieder beisammen ist, werden wir noch oft an die schrecklichen Tage zurückdenken.*
Gestern Abend war ich, wie ich Dir ja schon schrieb, im Altonaer Stadttheater. Die Sache wurde sehr feierlich durch die Jubelouvertüre eingeleitet. Diese klingt ja aus in das Lied: ‚Heil Dir im Siegerkranz'. Alles erhob sich von den Plätzen und stimmte begeistert ein. Dann kam eine Art Prolog, auf die Kriegszeit gemünzt, der schließlich ausklang in die Nationalhymne: ‚Deutschland, Deutschland über alles!' Dann kam das Soldatenstück ‚Minna von Barnhelm'. – Ich mußte viel an Dich denken. Voriges Jahr waren wir beide zur vorletzten Abonnementsvorstellung im Theater. Es gab ‚Als ich noch im Flügelkleide'. Wie so ganz anders war es damals doch!
Heute, Schatzel, ist nun der 4. Tage ohne Nachricht von Dir. Wie lange mag es noch dauern, bis von Dir ein Brieflein oder Kärtlein kommt.

Von Rußland her, so hört man hier von allen Seiten, soll der Postverkehr ein sehr unregelmäßiger sein. Dann wirst Du wohl auch seltener etwas erhalten, trotzdem ich Dir täglich geschrieben, sei es Brief oder Karte. Doch damit werden wir uns abfinden müssen. Nur das Warten auf Nachricht ist nicht angenehm. Heute am Sedantag müßtest Du mal den Flaggenschmuck und die Ausschmückung der Balkons und Gärten sehen. So was war noch nie da (Na, wir haben auch noch keinen Krieg erlebt.) Edith haben wir eine Fahne genäht, die vom Garten war zu schäbig; heute hat ihr Mutter eine Fahnenstange mitgebracht; nun weht sie mächtig, denn das würde ja direkt auffallen, wenn an einem Balkon keine Fahne wäre. – Heute wollen die Deutschen ja auch in Paris sein. Ganz sind sie noch nicht da, aber lange kann es nicht mehr dauern; gestern morgen meldete die Zeitung, daß deutsche Flieger Paris beschossen hätten und gestern abend berichtete die Zeitung von dem deutschen Vormarsch auf Paris, daß es nunmehr noch 80 km wären. – Nach Deiner letzten Nachricht zu urteilen, befindest Du Dich jetzt mitten auf dem Kriegsschauplatz; ja nach den Lobliedern der Zeitung auf die deutsche Landwehr zu schließen, hast Du schon im Gefecht gestanden. Wer weiß das? Nun, möge der liebe Gott Dich schützen und Dich mir und dem Pottchen erhalten, das ist die Hauptsache." Weiter im gleichen Brief: *„Dann und wann trifft man unter den Verlustlisten schon bekannte Namen, Georg Ringelmann, Bruder von Agnes, stand in der Zeitung als Schwerverwundeter; auch manche Kollegen von Carl sind gemeldet, einer tot, die anderen verwundet. Ja, wieviele werden wohl zurückbleiben und nicht wiederkommen.*" Und gleich darauf: *„Schatzelieb, jetzt schreiben wir uns mehr als zu unserer Verlobungszeit.*"

Am nächsten Abend, am 3. September schreibt sie an ihrem Brief weiter: *„Weißt Du, Schatzel, was Du hättest erleben müssen. Die Sedanfeier hier in Hamburg. So etwas von Begeisterung – das erhebt einen ordentlich. Dazu kamen gestern Abend noch 2 Siegesdepeschen: eine meldete, daß in Frankreich 10 franz. Armeekorps zwischen Reims und Verdun (auf der Linie nach Paris, d. Verf.) geschlagen worden seien und die andere gab bekannt, daß die 8tägige Schlacht bei Lemberg (in der Ukraine) und Lublin (in Polen, d. Verf.) zwischen Russen und Österreichern endlich zugunsten der Österreicher entschieden sei. Abends 10½ und 11 Uhr trafen die Depeschen ein. So ein Trubel! In jedem Lokal patriotische Gesänge und Hurraschrein, bei*

Storm und Ohlandt (Kneipen) nahm es kein Ende. Mama und ich zogen uns Mäntel über und guckten noch einmal hinunter. bei der Polizeiwache war ein Menschenauflauf, singend und lärmend, zum Teil wurden patriotische Lieder, zum Teil Choräle (Ein feste Burg ist unser Gott und das Niederländische Dankgebet) gesungen. – Nach jedem erfolgte dann ein donnerndes Hoch auf Kaiser und Reich. So zogen die Leute die Straße auf und ab.
Schade, daß Du nicht hier bist und das alles mit ansehen kannst. Auch könnte man sich dann einmal den Trubel auf dem Rathausmarkt ansehen (Frau Likfeldt erzählte mir heute morgen, es soll überwältigend gewesen sein. Ein großer Posauenenchor hätte geblasen: Ein feste Burg ist unser Gott. Dazu die Kirchtürme läutend. Das Publikum, teils kniend, teils mit entblößten Köpfen um das Denkmal geschart): Aber, Du weißt, unser Vater hat keinen Sinn dafür (die Hauptsache ist, daß er abends 9½ Uhr im Bette liegen kann). Als Frau alleine und besonders unter meinen Umständen könne man sich nicht ins Zentrum begeben. Wir haben noch bis ca 12 Uhr auf dem Balkon gestanden und dem Treiben zugesehen. Die Bahnen aus der Stadt alle brechend voll. Petschmann's Laden wurde bestürmt, daß es beinahe lebensgefährlich war, sich ein Extrablatt zu holen. Herr Häfner (der ist bei solcher Gelegenheit wie eine Ameise, hier und da) besorgt immer für das ganze Haus Extrablätter. Und dann wogt und drängt es, die Straßen auf und ab. – Ein Bild, das man gesehen haben muß, beschreiben läßt es sich nicht."

Hannchen bangt um ihren Mann an der russischen Front

Außerordentlich besorgt fragt Hannchen auf einer rasch geschriebenen Feldpostkarte vom 1. September: *„Lieber Schatzel, wie geht es Dir? Wo steckst Du? Nach den bisherigen Nachrichten nehme ich an, daß Du mitten auf dem östlichen Kriegsschauplatz weilst! Heute morgen kam die Nachricht von der Gefangennahme von 60000 Russen, damit Du bald wieder nach hier kommst. Deutsche Flieger, so meldet die Zeitung, sind schon über Paris und bombardieren die Stadt. Viele tausend Grüße …"*
Im nächsten Brief beklagt sich Hannchen über ihre ewige Ungewißheit als Kriegerfrau: *„Weißt Du, die Frauen, die ihre Männer hier in*

Hbg. haben, beneide ich doch recht. Kruse und Förster marschieren hier täglich vorbei. Heute morgen so gegen 11 Uhr kamen sie vom Ausmarsch zurück und um ½ 12 Uhr kam Herr Kruse aus der Kaserne zum Essen nach Hause. Und abends ist es genau so. Das wäre doch herrlich gewesen, wenn Du es so hättest haben können. Aber – Du wull jo nich! (Du wolltest ja nicht!) Wenn ich dort erst Deine Adresse wüßte? Oder kommt ihr nicht ins Quartier? Wenn Du festes Quartier hast, dann kann ich Dir nachher eine Depesche schicken. Bist Du aber im Felde, so geht es nicht. Die Feldpost befördert Depeschen nicht." Am nächsten Tag: „*Immer und immer noch keine Nachricht! Trostlos! Man kennt nur noch eine Frage, die sich täglich wiederholt: Wie mag es Dir gehen? Wo magst Du sein? Und doch ist keine Nachricht immer noch besser als schlechte Nachricht."* Hannchen sorgt dafür, daß auch ohne sie der Laden läuft: „*Sonntag sollen die jungen Leute nochmal den Laden scheuern und dann soll Anfang nächster Woche das Heideschaufenster aufgebaut werden. Damit die 14 Tage, wo ich liege, alles in Draht ist. Eben jetzt haben wir großes Kopfzerbrechen! Wo wird alter Holländer bestellt? Die jungen Leute wissen nicht, wo (ich erst recht nicht). ‚Dorn und Wehnke' ist es nicht. Nun laß ich sämtliche Rechnungen vom letzten Jahr durchsehen. Ja, wenn Du nun hier wärst, könntest Du mir es so gut sagen, aber so – Auch ein Wein- und Schnapsverkäufer fehlt. Die jungen Leute wissen es so wenig und in den vier Wochen, die ich nun unten bin, kann ich das garnicht übersehen. 6-7mal habe ich mir die Sachen schon angesehen und Preise gemerkt, aber dann kommt jemand und will einen Bittern oder Kognak Verschnitt od. dergl. mehr oder ich soll jemandem einen leichten Mosel empfehlen – Ja, dann ist meine Weisheit zu Ende. Nun, das muß die Zeit alles mit sich bringen. Halt – Jetzt haben wir den Käsefritzen. Scholwin hat im Juni Käse geliefert. Siehst Du, nun ging's auch ohne Dich. Aber – deswegen fehlst Du doch an allen Ecken und Enden. Komme nur bald wieder. Viele Leute meinen, bis Weihnachten wäret Ihr wieder da. Ich habe gedacht, den Winter durch zum Frühjahr. Nun, wir wollen das Beste hoffen. Je eher Ihr kommt, desto besser. Sag mal, sehnst Du Dich nun auch manchmal ins Geschäft zurück? (Daß Du Dich nach Hause sehnst, hoffe ich doch sehr.) Oder gefällt Dir das freie Soldatenleben besser? Zu Anfang hat Dir die körperliche Beschäftigung wohl viel Freude gemacht, nicht wahr? Aber wie ist's auf die Dauer der Zeit? Ach, man möchte so manches wissen, so manches fragen, aber bei der Entfernung – schön ist jedenfalls was Anderes! Na, nun schlagt tapfer zu, nur komme mit heiler Haut wieder."*

Es gibt verständliche Zusammenbrüche bei scheinbaren Nichtigkeiten: *„Heute kam der Briefträger strahlend herein: Es gibt Feldpost! O, wie leuchteten die Augen! Und da – war es von Mackenthun eine Karte aus Frankreich. Weg war die Freude, weg war alles – nur grau und einsam die Zeit. Schatzel, Schatzel, warum läßt Du mich so lange warten? Warum läßt Du mich so lang allein? Es sind törichte Fragen, nicht wahr? Aber die kommen so oft."*
Doch dann richtet der Geschäftsbetrieb sie auch wieder auf: *„Am Sonnabend ist immer allerlei zu tun. Gustav muß heute 3 mal nach Lokstedt, um fortzubringen. Bestellt wird ganz gut. 2 neue Wochenkunden haben wir zubekommen: Frau Dr. Sieveking und Frau Rohls. Die Alten sind uns noch treu. Richter kauft nicht mehr, weil wir nicht anschreiben wollen. Aber das geht jetzt nicht. Storm ist jetzt guter Kunde. Er bezieht Butter (weil die Schickerei von Itzehoe immer so lange dauert) und Käse fast nur noch von uns. Letzte Woche hatte er 42,90. Das ist ganz fein. Ohlandt bezieht fast garnichts mehr, bezahlt hat er auch noch nichts wieder. Bei v. Halle weckte ich an. Selbiger sagte mir, daß sein Geschäft jetzt vollkommen brach läge und daß er vorläufig nichts bezahlen könne. Na, jedenfalls ist von dem ausstehenden Geld noch nichts eingekommen, Denker vertröstet auf den nächsten ersten."* Hannchens Brief schließt mit dem Satz: *„Laß Dir's gut gehen und halte wacker durch, damit Du als tapferer Vaterlandsverteidiger recht bald heimkehren kannst zu all Deinen Lieben in Hamburg, die Dich in weiter Ferne 1000 mal grüßen."*

Der nächste Brief teilt sehr viel von dem mit, was Hannchen fühlt und empfindet: *„... die 2 Jahre, die wir zusammen verleben durften, waren doch nur eine kurze Zeit. Oder scheinen sie uns so kurz, weil wir so glücklich waren? – Es ist doch ein eigen Ding, die Liebe, nicht wahr, Schatzel? Ich las mal vor langer Zeit, daß, wenn man vom Liebsten auf der Erde getrennt ist, erst weiß, was man lieb gehabt. Das ist auch so. Jedenfalls empfinde ich es von Tag zu Tag mehr. Mitten unter den vielen Menschen, Verwandten und Bekannten und doch so einsam, so verlassen. Du fehlst. Als Du fortgingest, liebes Schatzel, sagtest Du: Du hast Deinen Pott! Gewiß, er hilft durch sein heiteres, sorgloses Leben über manches hinweg, er zaubert so häufig auf betrübte*

Gesichter ein Lachen und doch – komm ich abends vom Geschäft rauf und seh das Pottchen so süß im Schlummer liegen, so muß man schlucken, um nicht die Tränen emporkommen zu lassen. Und wenn ich abends mal mit ihr bete, einen Wunsch für den Vati mit hineinflechte, so sind auch wieder Tränen da. – Aber was hilft's alles! Wir müssen nun durch, mag es kosten, was es will. Wenn nur alles gut zu Ende geht, wollen wir unserem Herrgott danken. – Gestern mittag brachte mir der Briefträger Deine Karte aus Hohenstein (Ostpreußen) vom 29.8. Volle 8 Tage ist also die Karte unterwegs, ehe sie hier ankommt! Traurig eigentlich, nicht wahr! Und doch muß ich froh sein, daß ich überhaupt Nachricht bekomme; denn es sind hier so viele Menschen, die 3 Wochen und noch länger nichts von ihren Lieben gehört haben.
Heute haben wir wieder einen herrlichen Sonntag. Ich habe heute Nachmittag wohl über eine Stunde auf dem Balkon gesessen und dem bunten Treiben auf der Hoheluftchaussee zugeschaut. Man könnte fast denken, es sei Friedenszeit. Der Andrang auf die Bahnen und die Wanderung nach Lokstedt ist immer noch dasselbe. Nur dann und wann ein paar feldmäßig gekleidete Soldaten und da steht es auch schon wieder, das Gespenst des Krieges und die Gedanken wandern fort an die Grenzen. Man sieht nichts mehr von der Straße, man denkt und fragt, wie mag es dort aussehen, wo Schatzel ist? Wie mag es ihm gehen? Was macht er? Denn die Nachrichten, die von Ostpreußen kommen, sind keine guten. Die Zeitung berichtete gestern von großen Straßenkämpfen in Hohenstein, die den belgischen Greueln nicht nachstehen. Daß ich darüber beunruhigt bin, Dich dort zu wissen, ist wohl selbstverständlich. Nur daß ich dann und wann ein Lebenszeichen erhalte, beruhigt wieder. Im Augenblick, wo die Karte ankommt, ist die Freude groß, dann denkt man aber auch gleich wieder, wie lange mußt Du nun wohl wieder warten, bis die nächste kommt und schon hebt die Zeit des Wartens mit all ihrem Leiden an. Doch still! still! Es heißt sich fügen. immer und immer wieder dasselbe!Da gibt es nichts anderes. Wir können nur froh sein, daß die Deutschen so siegreich vorgehen. Wie es wäre, wenn wir unterliegen würden, daran mag man nicht denken.“

Julius über seine „Feuertaufe"
(Brief an den Bruder)

Hohenstein, 30. 8. 1914

„Mein lieber August!
Wir haben ein paar schwere und sehr wenig schöne Tage hinter uns. Nach 60stündiger Bahnfahrt wurden uns 10 Min. Zeit zum Mittagessen gelassen. Ein Eilmarsch von fast 4 Stunden brachte uns direkt auf's Schlachtfeld. Wir mußten sofort eingreifen, denn es stand für uns etwas mulmig. Um 1½ bekam ich die Feuertaufe und zwar gleich Infanterie- und Artillerie-Feuer auf einmal. Eigentümlicherweise ließ es mich völlig kalt. Blitzartig dachte ich an „zu Hause", sodann noch ein Blick gen Himmel und 'rein in die Schützenlinie. Erst gegen 12 Uhr nachts gingen wir in das inzwischen im Sturm genommene Dorf Königshut. Die Eindrücke, die ich empfing, kann ich Dir unmöglich schildern. Der Krieg ist etwas sehr, sehr schreckliches. Wenn die Verwundeten jammern, krampft das Herz zusammen. Wir kriegten aber nur gefangene Feinde zu sehen. Gegen Abend rückten wir durch Hohenstein, um vor den Toren Biwak zu beziehen. Von dieser frdl. Stadt ist fast nichts übrig geblieben; und was an Gebäuden noch da ist, brennt oder ist bereits verwüstet. In den Straßen liegen verkohlte Leichname. Schauerlich. Da es für uns Landwehrleute jedenfalls noch recht viel zu tun gibt, möchte ich Dich bitten, den einliegenden Trauring in Verwahrung zu nehmen und ihn meiner Frau Hanne als letztes Andenken von mir zu übergeben, sobald Du völlige Gewißheit hast, daß ich nicht wiederkomme. Sage Hanne und Mutter auch nichts von dem hier Geschriebenen. Die machen sich nur unnütze Gedanken. Ich werde stets nur harmlose Berichte geben. Mir selbst haben die Strapazen nichts anhaben können. Hoffentlich ertrage ich auch alles andere in Gesundheit. Lebe wohl und bestelle allen, die mir lieb und teuer sind, herzliche Grüße.
Dein Bruder Julius"

Handels- und Börsenblatt · Schiffahrts-Zeitung ·

Morgen-Ausgabe

Englische Ausgabe · Illustrierte Rundschau ·

Sonder-Ausgabe. | Sonntag, 13. September 1914 | 86. Jahrgang. III. Quartal

Flucht der Russen aus Ostpreußen.

Die Russen vollständig geschlagen.

W. T. B. Großes Hauptquartier, 12. Septbr. Die Armee des Generaloberſten von Hindenburg hat die ruſſiſche Armee in Oſtpreußen nach mehrtägigem Kampfe vollſtändig geſchlagen. Der Rückzug der Ruſſen iſt zur Flucht geworden. Generaloberſt von Hindenburg hat in der Verfolgung bereits die Grenze überſchritten und meldete bisher über 10000 unverwundete Gefangene, etwa 80 Geſchütze, außerdem Maſchinengewehre, Flugzeuge, Fahrzeuge aller Art erbeutet. Die Kriegsbeute ſteigert ſich fortgeſetzt.

Generalquartiermeiſter von Stein.

Günſtige Kriegslage in Galizien.

∞ Wien, 12. September. Die Blätter berichten folgende Äußerung des ungariſchen Landwehrminiſters Hazai: Wir ſtehen überall ſehr gut, näheres kann ich nicht mitteilen.

Engliſche Hoffnungen, die ſich nicht erfüllen.

W. T. B. London, 12. September. Curzon ſagte in ſeiner Rede in Glasgow, er hoffe es zu erleben, daß die Lanzen bengaliſcher Reiter auf den Straßen Berlins funkeln und dunkelhäutige Gurkhas es ſich in dem Potsdamer Park bequem machen würden.

(Lord Curzon war früher Vizekönig von Indien. D. Red.)

Zeichnet die Kriegsanleihen!

Raſſenſympathie.

Ueber eine Viertelmillion Kriegsgefangener in Deutſchland.

Im Kampf um die Feſtung Lötzen.

Zur Ehrenrettung Deutſch-Oſtafrikas.

Oeſterreichs Freude über Deutſchlands Siege.

Gegen Englands Handelsvormacht.

Indiens Unterſtützung für England. Hilfstruppen des Dalai-Lama.

HAMBURGER FREMDENBLATT, Morgenausgabe

Zum historischen Hintergrund: Die Schlacht bei Tannenberg

Mitte August 1914 erkannte die Oberste Heeresleitung (OHL), daß die in Ostpreußen eingedrungenen Russen, die hier den zurückweichenden deutschen Verbänden zügig folgten, sofort aufgehalten und zurückgeworfen werden müßten. Ein Wechsel der Truppenführung schien deshalb unerläßlich. Die OHL beauftragte einen altgedienten Infanteriegeneral, Paul von Hindenburg, die Rückeroberung Ostpreußens einzuleiten. Zu seiner Unterstützung wurde ihm der Generalmajor Ludendorff, der sich bei der Eroberung von Lüttich ausgezeichnet hatte, als Generalstabschef unterstellt. Diese beiden „neuen Männer" trafen am 23. August 1914 in Marienburg an der Weichsel ein und versäumten keine Stunde, alle Absetzbewegungen der deutschen Truppen erst einmal zu stoppen. Aus dem Rückzug der Deutschen wurde dann im Laufe einer Woche, wie die Zeitungen meldeten eine der „größten Vernichtungsschlachten der Weltgeschichte".

Die russische Nordarmee war nämlich den sich absetzenden Deutschen nur zögernd gefolgt. Die Südarmee der Russen (die Narew-Armee) hingegen war rasch vorgedrungen und stieß nun etwa auf einer Linie der ostpreußischen Städte Allenstein – Hohenstein – Tannenberg – Gilgenberg, auf die schnell improvisierte Abwehrfront der Deutschen. Diese hatte Ludendorff, teils in kühner Verschiebung der schon in Ostpreußen kämpfenden Truppen, teils in rascher Heranführung von Ersatztruppenteilen aus allen Gebieten des Reichs, in wenigen Tagen aufgebaut. Eine bewegliche Kriegführung, in der zum ersten Mal in einem Krieg über Eiltransporte auf der Schiene ganze Divisionen über 700 Kilometer und mehr verlegt wurden, ermöglichte den Sieg über einen zahlenmäßig überlegenen Gegner. Die russische Südarmee wurde in den Tagen zwischen dem 26. und 31. August 1914 eingeschlossen und vernichtend geschlagen. Die OHL meldete 93000 Gefangene und eine unübersehbare Kriegsbeute. Von den schweren Verlusten an Menschenleben, auch auf deutscher Seite, wurde kaum gesprochen.

Als „Schlacht von Tannenberg-Hohenstein" hat man damals überall in Deutschland diesen Sieg bejubelt, obwohl mit dieser Schlacht Ostpreußen keineswegs von den Russen befreit war. Hindenburg und Ludendorff versuchten Anfang September 1914 deshalb, die russische Nordarmee an den Masurischen Seen in einer Umfassungsschlacht zu stellen. Doch diesmal gelang die Einkesselung nicht wie geplant. Unter großen Verlusten konnten sich die Russen zwischen dem 6. und 15. September über die ostpreußische Grenze zurückziehen.

General Hindenburg wurde damals als „Held von Tannenberg", als „Befreier Ostpreußens", als „Retter des Vaterlands" in Deutschland gefeiert. Der Mythos Hindenburg – ein Mythos vom „Treuen Eckart der Nation", an dem während des Krieges eifrig gedichtet wurde, überdauerte Deutschlands militärische Niederlage und die November-Revolution von 1918. Ja, er überdauerte sogar die Weimarer Republik, in deren Krisentagen 1933 Hindenburg als Reichspräsident, wenn auch widerstrebend, Adolf Hitler zum Kanzler berief.

Hannchen macht sich selber Mut

In einem Brief vom 6.9. *„Heute Abend wollen Mutter und ich noch bummeln gehen. Ja, denk nur mal an! Papa muß einhüten. Auf dem Rathausmarkt soll heute ein großer Posaunenchor blasen; das wollen wir beide uns nur mal anhören. Schade, daß Du mich nicht begleiten kannst. Es lief sich so sicher an Deinem Arm. Jetzt komme ich mir so verlassen vor. Komme nur bald wieder und fülle Deinen verlassenen Posten als Ehemann wieder aus."*
Und zwei Tage später auf einer Karte: *„Heute ist wieder großes Gefeier und Glockengeläute. Ein neuer Sieg: Maubeuge (Stadt in Frankreich, nahe belg. Grenze, d. Verf.) 40000 Gefangene, 400 Geschütze sind in unseren Besitz gekommen. Ich wünschte nur, Du könntest die Fahnenpracht in den Straßen Hamburgs einmal sehen."*
Am nächsten Tag: *„Über das: Wie lange? des Krieges herrschen geteilte Meinungen. Wenn nur erst die Franzosen abgetan wären. Die französische Regierung ist ja schon nach Bordeaux abgerückt. In Paris ist schon deutlich der Kanonendonner der davorliegenden feindlichen Truppen zu vernehmen. Rätselhaft ist mir noch, wie wir mit den vermaledeiten Engländern fertig werden wollen. Es wird hier ja allerlei gemunkelt, aber ich glaube, daß es doch noch manchen harten Kampf kosten wird."*

In dieser Zeit ist es Hannchens größter Kummer, daß sie ihrem Mann nichts schicken kann: *„Gerne würde ich Dir schöne Sachen schicken, aber es geht nicht. Für Soldaten im Felde sind keine Sachen zugelassen; auch kann ich Dich, solange Du kein festes Quartier hast, nicht telegrafisch von dem kommenden Ereignis benachrichtigen lassen. Und ein Quartier, oder auch nur den Ort, wo Ihr liegt, kann ich nicht* *angeben. – Trotzdem will ich versuchen, Dir morgen ein Paket mit Zigarren zu senden. Rum und Speck etc. bekommst Du, sobald angängig. Es tut mir leid, daß ich Dich darben lassen muß. Ich möchte Dir so gerne alles Schöne hingeben.“* Etwas später, am 12. 9., schreibt sie: *„Ich will es doch mal wagen, ein Paket an Dich aufzugeben. Zuerst nur mit „Räucherwaren“. Sowie ich ein festes Quartier weiß, bekommst Du Eßwaren geschickt. Solange mußt Du noch vorlieb nehmen. Die Post nimmt es garnicht an.“* Immer wieder wird gerätselt über die Dauer des Krieges: *„Schäfer Ast (siehe S. 17), so erzählt man sich hier, habe prophezeit, der Krieg dauere 3 Monate, 2 Tage, müßte demnach am 2. November also zu Ende sein. Nun, so schnell wird's wohl nicht gehen. Wenngleich die Deutschen jetzt schon heftig um Paris kämpfen.“*

Wenn Post kommt, sieht für Hannchen die ganze Welt gleich rosig aus – so jubelt sie am 11. September: *„Du, Herzliebling, das war aber ein feiner Tag heute. 2 Briefe und 2 Karten an einem Tag, und zwar ein Brief aus Dietrichsdorf vom 2. 9., dann eine Karte vom 4. 9. aus Camerau, ein Brief vom 6. 9. aus Grabowo und eine Karte vom 7. 9. aus Muschaken. Das war eine Freude. Ich wünschte nur, Du könntest es einmal sehen, wie wir vor Freude springen, wenn Feldpost kommt. Das ist das einzige, was mich überhaupt so vom Grunde des Herzens freudig stimmen kann. Dann lacht die Welt, dann lacht das Herz: ‚Es geht Dir gut, Du bist munter und gesund!‘ Wenn wir nur das wissen, sind wir schon zufrieden.“*

Am folgenden Sonntag findet Hannchen die Ruhe, ihre persönliche Situation zu überdenken:
„Mutter, Vater, Martha sind mit Edith ausgeflogen. Ich freue mich der Ruhe! Zuerst habe ich die Babywäsche für das Babylein zurechtgelegt; ich habe es zwar nicht mit rosa Bändchen gebunden wie damals bei Edith, aber es liegt sauber und nett im Kasten. Weißt Du noch damals, als unser Pottchen kommen sollte? Weihnachten bekamen wir beide einen großen Karton mit Kinderwäsche für den ‚Stammhalter‘! Damals ist's keiner geworden. Ob's diesmal einer wird? Dann habe ich die kleinen Wäschestücke zierlich in einen Kasten gepackt, ihn verschlossen und mich heimlich daran gefreut, bis unsere Edith kam. Weiß Du's noch, wie's war? Ich muß jetzt so häufig daran denken. Hätte uns jemand die jetzige Zeit prophezeit, so hätte man ihm nicht

Das Soldatenweib.

Und zerbricht mir das Herz — ich gebe ihn her
Mit stolzen, strahlenden Augen,
Und weinte ich heimlich ein Tränenmeer,
Soll mein Gram ihm zum Grämen nicht taugen.

Ich lass' ihn, den Mann, zu Sieg und zu Kampf,
Meine Liebe darf treu ihn begleiten.
Im Schlachtengetös' und im Pulverdampf
Soll mein Herz zur Seite ihm streiten.

Und wollte er feige von dannen gehn,
So lös' ich die liebenden Bande.
Eher will ich ihn tot mir zu Füßen seh'n,
Als gerettet im Kleide der Schande.

Unsere Knaben, sie wuchsen in Freiheit auf
Und sind für die Freiheit geboren,
Nimmt mit andern er nicht den Siegeslauf,
So sind sie in Knechtschaft verloren.

Doch kehrt er zurück mit Wunden bekränzt,
Will ich einen Gott ihn begrüßen,
Dann sink' ich von sonniger Liebe umglänzt,
Sein Weib, ihm wieder zu Füßen.

E. Arndt.

geglaubt. Man hat immer noch gehofft, bis es am 1. August 1914 schwarz auf weiß zu lesen war: ‚Der Krieg ist da! Ihr Männer, auf ins Feld!' Erst glaubte man, es nicht überstehen zu können, man wollte verzweifeln, aber es ging, weil es gehen mußte.
Wir deutschen Frauen mußten unser Liebstes hergeben. Nun harren und hoffen wir, daß der liebe Herrgott uns unsere tapferen Männer beschützen möge, damit sie dereinst, siegesstolz, zurückkehren können in ihr Heim, zu ihren sich nach ihnen sehnenden Frauen. Dann ist alles gut; die Zeit wird auch die geschlagenen Wunden zuheilen. Mein lieber Schatz wird wohl recht behalten, so oft sagte er, daß es im Menschenleben so eingerichtet sei, das Schlechte zu vergessen und nur das Gute in Erinnerung zu behalten. So wird's wohl auch nachher sein: wir werden uns dieser Zeit als einer nicht schönen erinnern, allmählich aber wird das Bild verblassen und nur das Gute sich allmählich Bahn brechen.
‚Ein feste Burg ist unser Gott!
Ein gute Wehr und Waffen!'
Heute morgen stand's in der Zeitung: daß Hindenburg die russische Armee in die Flucht geschlagen und bereits bis über die Grenze verfolgt

hat. Ca 10000 Gefangene sollen erbeutet sein. Hast Du mit daran teilgenommen am Kampfe? Oder seid ihr noch nicht mit dazwischen gewesen? Es hätte wohl sein können. Ich habe nur den einen Wunsch, daß vielleicht Euer Truppenteil doch noch zurückkommt oder zu sonstigen weniger gefährlichen Arbeiten verwendet wird. – Gestern habe ich ein Paket für Dich zur Post gebracht; der Beamte wollte es nicht annehmen, weil kein Ort darauf angegeben war. Da hab ich auf gut Glück „bei Allenstein" darauf geschrieben. – In der letzten Zeit ist jeden Tag ein Brief für Dich abgegangen. Vor einiger Zeit sprach ich mit Frl. Rohde (Klavierlehrerin) über Feldpost etc. Sie sagte, sie hätte gehört, daß einige Frauen ihren Männern täglich Briefe schrieben, das sei so wenig deutsch. Man solle die Feldpost entlasten und nur das Notwendigste schreiben. Ach, Du Klugschmaus, dachte ich, hättest Du einen Mann dabei, würdest Du anders reden und wer weiß, wie oft Du ihm schreiben würdest." Es sind ernste Zeiten für alle: *„Die Verlustlisten gehen langsam. Was heute als auf dem Feld gefallen in der Zeitung steht, ist vom 28./29. August, also so langsam geht das Benachrichtigen vor sich. Die offiziellen Verlustlisten erscheinen auch nur vom 9. und 10. Armeekorps (also so weit unsere Gegend in Betracht kommt), Hamburger von anderen Regimenten werden extra aufgeführt. Gerede entstehen in dieser Zeit bez. Verluste, Verwundete usw. zu leicht. Einige Leute schwelgen direkt darin. Carl ist schon ein paarmal totgesagt. Gestern kam Frau Erbert und fragte, ob Du schwer verwundet seiest. Sie hätte gehört, Du lägest im Lazarett."*

In dieser Zeit bereitet Hannchen die Geburt ihres zweiten Kindes vor. Da die Zeitungen jetzt von Kämpfen an den Masurischen Seen berichten (wo sie auch Julius vermutet), wartet sie in großer Unruhe auf Post. Wahrscheinlich schreibt sie in diesen Tagen (am 15. September) deshalb betont sachlich: *„In der Zeitung wird von großen Siegen des Generals Hindenburg über die Russen berichtet. Die Russen sollen Ostpreußen bis auf Weiteres ganz geräumt haben. Schwieriger ist die Sache zwischen Österreich und Rußland bei Lemberg. Eine 8tägige Schlacht hat bisher nicht zur Entscheidung geführt. Augenblicklich ist ein Kampf schon wieder 6 Tage an derselben Stelle im Gange. Die Russen sind zu zahlreich. 3 deutsche Armeekorps sollen auch nach dorthin gekommen sein. Einzelheiten darüber gibt's hier nicht zu hören."*

Auch die persönlichen Mitteilungen klingen betont sachlich: „*Sobald ich ein Quartier von Dir weiß, will ich Dir noch Wollzeug schicken. Wenn es ginge, schon eher. Aber – das läßt sich ja nicht „halbe- und weise“ schicken. Ich denke, Leibbinde, Kniewärmer und vielleicht noch dicke Wollhemden, denn nachts wird es jetzt recht kalt. – Reicht's für die Füße noch aus? Sind die Fußlappen zu klein? Ich schicke Dir andere. Wenn ich wüßte, daß Du den ganzen Winter über dort oben bei den Russen bleiben würdest, könnte man ja vorsorgen. Aber darüber läßt sich nichts Genaues sagen. Auch Ihr wißt darüber nichts, was Schatzel? – Wo Du jetzt wohl stecken magst? Wohl hundert Mal fragt man sich während des Tages. Bist Du noch an der russischen Grenze? Oder bist Du an weniger gefährlichem Posten? Vor Paris kommt jetzt die Sache ingange. Die Zeitungen berichten von einer Riesenschlacht. Da wird viel Blut fließen; gebe Gott, daß es zu unserem Sieg und zu unserem Besten sein möge. Vielleicht tritt durch die Eroberung von Paris eine neue Wendung der Dinge ein –*
Heute war ich hin, mir die Unterstützung zu holen; sie ist verdoppelt worden. Ich bekomme jetzt 50.- monatlich. Heute erhielt ich 37.50 M. für die erste Hälfte des September nachgezahlt. Der Hamburger Staat ist nobel, nicht wahr? Daß ich Unterstützung bekomme, wissen nur die Eltern, Mutter B. und August. August kann es sowieso nicht begreifen, warum ich nicht darauf verzichte. Aber – ich sehe es nicht ein – ich habe rechtlich Anspruch darauf, darüber habe ich nachgeforscht. Oder, mein Herzlieb, wie denkst du darüber? Ich gehe ja doch nicht betteln.“
Im Brief vom 16. September heißt es: „*In Hamburg treffen seit kurzer Zeit die ersten Verwundetentransporte ein. So sehr das Volk jubelt beim Eintreffen einer Siegesnachricht, um so mehr schweigt es, wenn die Verwundetentransporte kommen. Hier ist heute so recht schönes Herbstwetter, sonnig und klar. Heute morgen, als ich die Unterstützung holte, lockte das Wetter so recht zu einem Spaziergang. Ich wollte am Kanal, wo's recht schön sonnig, entlanggehen und durch die Anlagen wieder zurück. Aber jawohl! Es wär so schön gewesen, aber die Hanne konnte nicht mehr. Sie hatte Mühe, sich nach Hause zu schleppen. Du siehst, ihr fehlt die richtige Stütze. Als ich mit Edith ging, da war's schön, wenn wir beide abends nochmal ein halbes Stündchen liefen.*“ –
Am 17. September, zwei Tage vor ihrer zweiten Niederkunft, schreibt sie: „*Eben erzählt Mieze, daß von Ostpreußen verschiedene*

Regimenter nach Lemberg hinunter gekommen sein sollen. Ob Du mit dabei bist? Wo magst Du jetzt stecken? 6 Tage sitze ich nun schon ohne Nachricht.“ Etwas später: *„Heute war eine Dame hier im Laden, die erzählte, der Krieg würde 2 Jahre dauern. Schatzel, wie soll das bloß werden? Über die Schlachten bei Paris verlautet nichts. Da ist – na, sagen wir, „Stille vor dem Sturm“. Weißt Du, Schatzel, was ich mal möchte? Einen Blick in die Zukunft tun. Das möchte jetzt wohl manch einer.“*

Eine Wöchnerin packt „Liebesgaben“

Hannchen bringt ihr zweites Kind – es ist ein Mädchen und nicht der ersehnte Junge – am 19. September zur Welt. Mit Sicherheit hat sie ihrem Mann über die Geburt von „Ursel“ geschrieben. Doch Briefe aus der Zeit zwischen dem 19. und 23. September liegen nicht vor und müssen später von Hannchen vernichtet worden sein. Wie Julius damals benachrichtigt worden ist, läßt sich also nicht sagen. Doch in Hannchens Brief vom 1. Oktober gibt es die Mitteilung:

„Also am 27. hast Du erfahren, daß Du glücklicher Vater von zwei Töchtern?“
Und am 23. September steht auf einer Feldpostkarte: *„Von jetzt an bekommst Du wieder täglich Nachricht. Ich darf sitzen und schreiben, die Schecks nachsehen und die Geschäftsbücher in Ordnung bringen. Nun grüble ich wenigstens nicht so viel. Heute liege ich nun schon fünf Tage, also über den Berg bin ich schon. Mir geht es sonst tadellos. Ich liege hier in meinem Bett und lasse mich bedienen. Mutter und Frau Giese hegen und pflegen mich. Mutter Boldt brachte mir heute ein Hühnchen. Du siehst, alles sorgt für mich. August ist nachmittags um 5 Uhr im Geschäft, bis 9 ist er hier und bringt alles in Ordnung. Also auch geschäftlich geht alles seinen Gang. Zu sorgen brauchte ich mich nicht. – 15 kleine Pakete sind nun für Dich fort, lauter kleine Leckerbissen, wir hoffen nur, bald zu hören, daß Du etwas davon erhalten.“*
Am nächsten Tag: *„Von Frankreich her wird schlechtes Wetter gemeldet. Die Soldaten sollen dort teilweise bis zum Nabel im Wasser stehen. Schrecklich, nicht wahr? Sonst gibt es im Westen nichts neues. Auch vom Osten wird nichts gemeldet. Nur von der deutschen Flotte ist*

wieder ein Heldenstück geliefert. Ein Unterseeboot „U9" hat 3 gr. engl. Panzerkreuzer in den Grund gebohrt. 1600 Mann sollen ums Leben gekommen sein."

In dem langen Sonntagsbrief (27.9.) finde ich die erste Mitteilung über die kleine Schwester: *„Über unser Kleinchen ist noch nicht viel zu berichten, sie trinkt, schläft und schreit (auch des Nachts). Mit dem Saugen hat sie uns rechte Sorge gemacht. Sie wollte und wollte die Brust nicht anfassen und trank immer durch ein Saughütchen. Frau Giese sagte, ihre Zunge sei zu kurz. Dr. Caro, der ihr die Zunge löste, sagte, sie muß solange hungern, bis sie anfaßt. Es nützte alles nichts. Heute endlich nach langem Bemühen faßte sie an. Ich sage Dir, diese Freude! Wenn's auch allemal viel Mühe kostet, aber es geht doch."*

Hannchen denkt zu der Zeit auch über ihre allernächste Zukunft nach: *„Sobald Frau Giese fort, will ich eine Morgenfrau nehmen (Frau Gordack hat mir eine sehr nette empfohlen), denn Mutter kann es allein nicht schaffen. Unsere Edith kann ja schon eine Person für sich brauchen und dann noch die Ursel, den Haushalt und die jungen Leute am Tisch."*

Am nächsten Tag, dem 28.9.: *„Heute strahle ich direkt, denn 1.) habe ich mich wieder im Geschäft betätigen dürfen und 2.) nun denke bloß, kamen heute 2 Briefe und 1 Karte von Dir und zwar die Karte vom 23. aus Grajewo und die Briefe vom 24.9. aus Ruda und Grajewo. Wie aus Deinen lieben Briefen hervorgeht, geht es Dir gut. Auch ist Euer Dienst wohl nicht mehr so anstrengend, denn Deine Nachrichten brachten fröhlichen Geist mit sich. Riesig gefreut hat es mich, daß Du meine kleinen Päckchen erhalten hast. 15 habe ich für Dich bereitet, die letzten 5 habe ich im Bett gepackt und Mutter schrieb die Adressen. Morgen werde ich wieder einige Paketchen an Dich absenden; größere Sendungen sind noch nicht zulässig. Es sind nur kleine Liebesbeweise, die ich Dir geben kann. Wie gerne ich Dir mehr geben würde, wie gerne ich Dir alles, alles schicken würde, kannst Du Dir wohl vorstellen. Nun muß es sich so helfen."* Und weiter: *„Du schriebst in einem Deiner Briefe von Geld, das Du gesandt. In den Briefen war nichts. oder hast Du's vielleicht per Post geschickt? Es ist ja möglich, daß es noch kommt, ich gebe Dir dann sofort Bescheid. Also, das soll für meine Bedürfnisse sein? Wie lieb und gut von Dir! Ich brauche aber garnichts jetzt für mich. Ich bin so bescheiden, so zufrieden in meinen Wünschen, wenn ich nur weiß, daß es Dir gut geht, daß Du gesund und munter – weiter brauche ich jetzt nichts zum Leben."*

Den Brief vom 29. Septemer überschreibt Hannchen mit „*nach getaner Arbeit – Abends*". Und so beginnt er: „*Ich schreibe an Dich am liebsten, wenn ich alleine, wenn mich niemand stört, wenn die Gedanken ungehindert wandern können zu Dir, dann hält meine Seele Zwiesprache mit der Deinen. Hörst Du's manchmal? Ich glaube nicht, denn wenn Du abends zur Ruhe kommst, wirst Du wohl todmüde sein und nicht mehr denken können. Meine Gedanken weilen dann bei Dir und mit dem Gedanken an Dich schlafe ich dann auch ein. Ich wünschte manchmal, daß Du bei mir wärst, dann würde ich mich so schön an „kuscheln", weißt Du noch, Herzel, wie ich's so gerne mag, so ganz dicht heran. Dann würden wir nichts spüren von Kälte, dann wäre uns so warm. Nun geht's nicht, Du bist weit, weit fort, hast kein schönes warmes Bett und mußt frieren draußen in kalter Nacht. Sag mal, was wollt Ihr im Winter da oben im kalten Rußland? Es verlautet hier (allerdings nicht in der Zeitung, sondern im Munde der Leute), daß Hindenburg mit den Truppen dort noch weit nach Rußland hineinwill. Ist Euch das bekannt? Man sagt sogar, daß sich der Kaiser demnächst nach Osten begeben wird, weil es dort ernsthaft wird. Ob's wahr ist, wer weiß. Wir müssen hübsch geduldig abwarten.*"
Bald darauf: „*Heute, mein Herzensschatz, habe ich auch das Geld bekommen 40.–. Eigentlich hätte ich es mir ja denken können, daß Du es nicht im Brief schicken würdest, sondern per Post. Im übrigen danke ich Dir schön für die Moneten. Solltest Du wieder Geld beisammen haben, so kaufe Dir dort nur Wollsachen (denn vorerst kann ich Dir doch keine schicken). Die alten Hemden, wenn sie zerreißen, zerschneide zu Fußlappen, dann sind sie gleich ausgenutzt. Ich denke, daß es ebenso richtig ist, wenn Du Dir dort gleich Wintersachen kaufst, anstatt zu warten, bis ich schicken kann. Oder sind dort keine aufzutreiben? Schreibe mir nur diesbezüglich ... Und wenn Du irgendetwas wünschest, wende Dich nur vertrauensvoll an den Chef der Firma Julius Boldt. Sieh mal, Du mußt nicht denken, daß ich nicht schicken will – aber wenn Du es dort erstehen kannst, wäre es doch viel gescheiter. Ich kann ja Lebensmittel, Räucherwaren etc. genug schicken.*"

Am 1. Oktober bedankt sich Hannchen für Julius' „Gratulation". Sie schreibt: „*Du mußt nochmal mit einem Mädchen vorlieb nehmen. Wie gerne ich Dir einen Knaben geschenkt, wie gerne, das glaubst Du garnicht. Es wäre mir eine zu große Freude gewesen, wenn ich Dir*

Deinen Herzenswunsch hätte erfüllen dürfen. Damals, als E. kam, tröstete ich mich mit dem Gedanken, na, das zweite wird ein Junge, dann ist die Freude doppelt. Und nun – ich kann nichts dafür. Wenn es in meiner Macht gelegen hätte, so wäre es ein Junge geworden. Schatzel, Du schüttelst den Kopf ob solch törichter Gedanken, nicht wahr?"

Julius schreibt in einer „Kampfpause"

Der folgende Brief ist einer der drei Briefe von meinem Vater, die erhalten sind. Er ist ein Beispiel dafür, daß er seinen Vorsatz, an seine Angehörigen möglichst wenig über die dunkle Seite des Krieges zu schreiben, hier sehr streng einhält. Er schreibt:

Grajewo, 20.9.1914

„Mein liebes Schatzerl,
Nun sitz ich wieder im russischen Reich und denke an Dich. Wir sind von Bissanitzen aus bei Prostken über die Grenze geklettert. Man merkt die russischen Zustände, sobald man die Grenze überschritten, an allem. Ich werde Dir später alles mündlich erzählen. In Grajewo, vor das sich die Russen sehr gut verschanzt hatten, haben wir in einer Wollspinnerei Unterkunft genommen. Unsere Komp. hat heute Vorposten zu stellen und so habe ich draußen auf dem Felde mal wieder Gelegenheit, Dir ein paar Zeilen zu schreiben. Das Wetter ist in den letzten Tagen wieder recht stürmisch, kalt und regnerisch. Du kannst Dir vorstellen, mit welchen Gefühlen man an „Zu Hause" denkt, wenn man bei dem Sauwetter nachts im Chausseegraben liegt.
Ich will Dir jetzt auch Deine lieben Anfragen in den einzelnen Briefen nach Möglichkeit beantworten, und nach und nach die Briefe zurückschicken, denn je weniger man zu schleppen hat, je angenehmer ist es. Als Adresse laß nur die alte wieder gelten. Landwehr-Regiment 84, II. Batl. 8. Comp. – Auf Bettlereien, von welcher Seite es auch sei, laß Dich nicht ein. Sag' nur, Dein Mann steht im Feld und Du hättest selbst reichlich Sorgen. Die Namenfrage habe ich schon in einem früheren Brief erledigt. Gerhard – Ursula (oder Ursel). Die Beinamen such Dir nur aus. Meine Sachen sind von Schleswig aus durch das Batl. abgeschickt. Wenn andere Männer es bequemer haben, so kannst Du als Frau auch stolzer sein, denn Dein Mann hilft mit an der großen

Sache. Tröste Dich man, mein Deern, nachher wird die Freude auch um so größer werden. Sollst mal sehen, wie groß die Freude wird. Der dicke Behn ist nicht zu beneiden. Der hat einen schweren Herzfehler. Was mit Kröger los ist, kannst Du mir später mitteilen. Ein Zeugniß habe ich ihm noch nicht zugeschickt. Er bekommt auf alle Fälle nur bis zu seinem letzten Tag Gehalt. Ich habe dies mit ihm vereinbart. Über den Wechsel der Preise in Lebensmitteln muß Du immer Umschau halten und bei Geschäftsfreunden anfragen. Die Differenzen mit einzelnen Kunden (Volckmann, Lehmann) werde ich später selbst regeln. Unsere Fahrt nach Rußland ging über Lübeck. Die Angehörigen in Hamburg haben vergebens gewartet. Die 7 Pf.- Kruken Honig verkaufe in einzelnen Pfunden, wenn für die ganzen Kruken keine Nachfrage ist. Den gegorenen Honig laß nur stehen. Ich werde ihn später bearbeiten. Als Bienenfutter (Pfund 60 Pf.) geht er immer noch weg. Die Begeisterung in Hamburg kann ich mir lebhaft vorstellen. Es muß recht erhebend gewesen sein, wenn man sehen könnte, wie die Flammen der Freude auflodern. Kl.-Pott hätte ich zu gerne mal beobachtet in ihrem drolligen Tun. Vielleicht komme ich schneller wieder als wir beide nur zu wagen denken. Halte nur den Kopf recht hoch, wir kommen der Zeit des Wiedersehens immer näher. Dir und Pottchen einen recht kräftigen Kuß und allen Lieben einen fröhlichen Gruß

Dein Julius"

„Eine deutsche Frau muß sich durchbeißen"

Hannchen schreibt am 2. Oktober an ihren Mann: *„Heute habe ich mir Unterstützung geholt. Für Klein-Ursel bekomme ich 12.– M. pro Monat, das ist wohl mitzunehmen, nicht wahr? Onkel Klaus, der in seinen freien Stunden in der ‚Kriegshilfe' arbeitet, hat die Fälle nachzuprüfen; das ist so zu verstehen: also der Staat hat erstmal jedem seine Unterstützung ausbezahlt. Nun nachträglich wird jeder Fall geprüft. Falls keine Bedürftigkeit vorliegt, muß das Geld wiedergegeben werden, andernfalls tritt Strafe ein. Kann ich durch Bücher nachweisen, daß die Einnahmen die Ausgaben nicht decken, so erhalte ich Unterstützung. Onkel sagt, daß ich ohne Weiteres meine Unterstützung bekomme; er selbst will sich die Akten ansehen. Daß ich*

Unterstützung bekomme, weiß sonst niemand.“ Am Abend des gleichen Tages: „*Weißt Du, Herzlieb, was ich möchte? Dich hier haben und mit Dir zusammen auf unserem Sofa sitzen, in Deinem Arm, den Kopf an Deine Brust gelegt und dann möchte ich fragen, mir so manchen Zweifel von der Seele abwälzen. Bei Dir fühlte ich mich so geborgen; niemand konnte einem etwas anhaben. Jeden geschäftlichen Ärger hieltest Du ab, jeden Zweifel löstest Du, jeden Wunsch erfülltest Du mir, kurz, Du schirmtest und beschütztest mich; das mögen wir Frauen gerne.*

Wir stellen uns gern unter die Führung eines Mannes, die Frau bedarf des Schutzes, sie ist dazu geschaffen. Wenn wir hätten ahnen können, was alles so käme, hätten wir wohl anders vorgesorgt, nicht wahr, mein Uli? Nun kommt es mir doppelt schwer an, ich die Hauptperson (sagen wir mal), jede Kleinigkeit, jeder Ärger, kurz und gut, alles kommt an mich und da muß ich mich nun durchbeißen. Und ich will's auch, wie gerne ich es will, glaubst Du garnicht. Ich will beweisen, daß eine deutsche Frau auch etwas zu leisten imstande ist, ich will durchhalten und alles mit Geduld und Ruhe an mich herantreten lassen. Es macht mir Freude, daß ich es darf; daß ich Dir dermaleinst beweisen kann, was ich will, kann ich, wenn's auch manchen harten Kampf kostet, Zähne zusammen, Kopf hoch, durch müssen wir. Du schüttelst den Kopf und schaust mich fragend an, wohin ich hinaus will?

Also – zur Sache! Heute Abend kam August und warf die Frage auf: nimm Dir einen Kommis, im Interesse des Geschäfts. August meint, daß ein tüchtiger Kommis das Geschäft bedeutend heben würde, das die Kosten, die er verursacht, durch sein Schaffen und Walten reichlich gedeckt werden. Nun hat diese Sache ein Für und Wider. Wir haben die Angelegenheit in aller Ruhe besprochen. August kann es nicht begreifen, daß ich mich dagegen sträube. Er kennt mich nicht, er kann mein Inneres nicht sehen, weiß nicht, was mir „Dein“ Geschäft ist. Es ist das, was ich jetzt am allerwenigsten missen möchte. Nur wenn ich im Geschäft arbeite und schaffe, bin ich ruhig, d. h. vergesse ich alles Elend und allen Kummer. Gesetzt den Fall, ich hätte einen Kommis (eine sogenannte „Perle“ müßte es allerdings sein), so wäre ich doch überflüssig im Geschäft, jedenfalls was Ladenkundschaft etc. anbetrifft. Denn Du mußt nicht denken, daß wir unsere Arbeit nicht schaffen; im Gegenteil, wir werden gut damit fertig. Also aus Überlastung an Arbeit brauchen wir uns sicherlich keinen Kommis zu nehmen. Bliebe – im Interesse des Geschäfts. August meint, solch

Mann hätte mehr Warenkenntnis, könnte Kundschaft besser verstehen, kurz und gut, würde das Geschäft heben. Wie Du wohl aus den Wocheneinnahmen, die ich Dir übriges schon mitgeteilt, entnehmen wirst, steht die Einnahme und geht nicht zurück. Gewiß, mit dem Vorjahr verglichen, sind sie weniger; lt. Buch hast Du voriges Jahr gegen 800 – 900 M. Wocheneinnahme gehabt (August + September), doch ist zwischen diesen auch eine Einnahme von 723 M. zu verzeichnen. Aber das bringt die Zeit mit sich.
Daß ich das Geschäft nicht fördern kann, weiß ich, ich bin oder sollte zunächst froh sein, es halten zu können. August sagt, darauf nehme die Kundschaft keine Rücksicht. Er beruft sich darauf, daß es selbst Deine Meinung und Ansicht sei, Frauen gehörten nicht in eine Krämerei. Ich sagte ihm, daß das doch jetzt etwas anderes sei. Jede Frau sollte stolz sein, wenn sie ihren Mann vertreten kann. Er will davon nichts wissen. Dabei höre ich oft im Laden: Wie nett, daß Sie das Geschäft nun vorstehen können. Ich sage mir immer, ich kann nichts weiter tun, als alles gut in Schwung halten, die Kundschaft gut und zuvorkommend bedienen, nun kurz, mir alle Mühe geben, in Deinem Sinne das Geschäft zu führen. Es ließe sich so vieles darüber schreiben (aus diesem Grunde möchte ich Dich einmal hierhaben, um alles zu besprechen), aber ich glaube, mein Schatzel, daß Du die Sache wohl so verstehst und nach meinem Geschreibsel schon so beurteilen kannst. Etwas Persönliches möchte ich noch hinzufügen! Kannst Du mir glauben, daß es für mich jetzt nichts Schlimmeres gebe, als einen Kommis ins Geschäft zu nehmen? Kannst Du das vielleicht verstehen? Ich wäre doppelt unglücklich darüber (August sagte mir daraufhin, das sei albern). Ich wüßte nicht, womit ich meine Gedanken töten sollte! Lach nur nicht! Ich schrieb Dir schon einmal, daß ich mich im Hause viel unglücklicher fühlte als im Geschäft, da ist Leben und das lenkt ab vom Grübeln. Meinen Mutterpflichten genüge ich selbstverständlich. Unser Kleinchen bekommt alle 4 Stunden Brust. Und für Edith sorgt Mama, auf die kann ich mich verlassen. Ich tue ja alles und will noch viel mehr tun – nur das Geschäft sollen sie mir nicht nehmen. Das ist meines.
Dann meinte August noch, er hätte gehört, wir wiegen zu genau; die Kundschaft will sehen, daß die Wage herunterschlägt. Wir probierten es aus, daß ein kleines 2 gr genügt, um die Wage zum Niederschlagen zu bringen. Ich rechnete ihm vor, daß es, wenn ich täglich nur 150 Kunden ein Mehr von 300 gr gäbe, im Monat ein Mehr von 18 Pfund,

im Jahre von 216 Pfund. Darauf hörte er nicht, er meinte, mit 2 gr zu rechnen, sei kleinlich. Wie ist Deine Ansicht, Schatzel? Sag mal, Herzel, kannst Du nicht ein paar Tage Urlaub bekommen, um mir alle Zweifel zu lösen? – Eine törichte Frage, nicht wahr?"

Am nächsten Tag, am 3.10., setzt Hannchen ihren Kriegsbericht fort: *„Nun, sind die Russen schon da? Mit jedem Tag werden es mehr. Gestern hieß es, 5 Mill. Russen marschieren auf Ostpreußen zu, heute morgen 6 und eben gar 7 Mill. Russen. Sag mal, was wollt Ihr mit denen anfangen? Habt Ihr nun keine Furcht? Wenn's nun noch in Rußland so losginge, wie's jetzt in Frankreich schon geht! Es wäre nicht auszudenken! Und dann der Winter vor der Tür! Mitunter denke ich, es ist ja undenkbar, daß ein so kleines Volk wie das unsrige, einen so großen Feind schlagen soll. Dann möchte man doch lieber tot sein, als den Feind hier im Lande wissen. Augenblicklich weiß ich nicht, wie die Politik sich wenden wird. Überall ist es still, es steht der Kampf. In Frankreich wogt die Schlacht jetzt seit dem 10.9., in Belgien sind die Deutschen bei Antwerpen angekommen und vom Osten verlauten viele Gefechte bei Augustowo, das liegt in Eurer Gegend. Die Angst und Unruhe hört gar nicht auf. Wenn es doch an einem Punkte sich erst entschieden hätte; die Stimmung ist so gedrückt; keine Fahne, kein Extrablatt – man weiß nicht, was noch werden mag. – Du mußt ja nun dieses Jahr Deinen Geburtstag ganz allein und ferne von uns feiern; glaube nur, in Gedanken bin ich bei Dir und verlebe den Tag mit Dir. – Wir wollen nur hoffen, daß wir im nächsten Jahr alle wieder miteinander feiern können, dann bekommst Du auch deinen Geburtstagstisch mit einem Pflaumenkuchen und Lichten, so, wie Du's immer gewöhnt bist, nicht wahr? Dann fassen Edith und Ursel ihren Vater an und bringen ihn in das Geburtstagszimmer. Sollst nur sehen, das wird fein! Tröste Dich nur in der weiten Ferne, ich bin bei Dir, wo Du auch weilst. –"*

Am 6. Oktober holt Hannchen den ausgefallenen Sonntagsbrief nach: *„Unsere kleine „Ursula-Johanna" ist recht brav; sie läßt uns des Nachts unsere Ruhe; diese Woche hat sie schon 100 g zugenommen, das ist allerhand. Wir alle haben unser „Kriegskindchen" gerne, bes. aber Edith. Sie kann sich garnicht genug tun, ihrem Schwesterchen gegenüber mit Liebkosungen und Küssen. Drollig ist es mitanzusehen. Daß sie eifersüchtig ist, kenne ich nicht mehr. Wenn jemand fragt, ob Ursel mitkommen darf, sagt E. energisch „nein" und stellt sich schützend vor ihr Schwesterchen hin. – Willst du auch mal was von mir*

hören? Ich bin schlank und fühle mich so leicht, könnte hüpfen und springen, wenn nur das Herz nicht so schwer.“
Am nächsten Tag teilt sie ihm mit: *„Dir kund und zu wissen, daß ich soeben mit einer Automobilexpedition nach dem Osten ein Paket für Dich mitgegeben habe. Schau Dich mal ein bischen um, wenn Du davon etwas hörst, damit Du die Sachen auch erhältst. Die Wagen kommen von Lyck und fahren nach Ossowic zu, berühren also Eure Ortschaften da. Die Auto's nehmen die Pakete an, leisten aber keine Garantie für irgendwelche Verluste. Wenn sie Dich nicht auffinden, wird es anderweitig verteilt.“*

„Wieviel Elend bringt ein solcher Krieg mit sich?“

Manchmal schlägt Hannchen einen burschikosen Ton an, um ihre Unruhe mit der sie auf Nachricht wartet, zu übertönen. So schreibt sie am 8. Oktober: *„Sag mal, mit wem haust Du Dich nachher, wenn Du wieder daheim? Ihr werdet ja so an das kriegerische Leben gewöhnt, daß Euch des Hauses Frieden garnicht mehr behagt. Oder stimmt's nicht? – Daß Ihr Landwehrleute Euch da in Rußland kräftig betätigt habt, glaube ich. Die Zeitungen singen große Loblieder auf die ‚Hamburger‘. Und daß Du Dir dann und wann gerne so'n kleinen ‚Extrabahntje‘* (sinngemäß: eine Sonderaufgabe übernimmst, d. Verf.) *machst, kann ich mir auch denken. Nur nimm dich hübsch in Acht und komme mir gesund und munter wieder. Eure Strapazen sind wohl schlimm. Ich kann mir garnicht denken, daß Ihr gegen solche Anstrengungen gegenan könnt. Wie kann das ein Mensch nur aushalten! Auf die Länge der Zeit ist das ja unmöglich.“*

Dann berichtet sie von ihrem Bruder Carl, der verwundet im Lazarett in Schleswig liegt: *„Die Schnittwunde ist noch ganz mit Eiter unterlaufen, er hat fürchterliche Schmerzen und fiebert bis 39,8. Die 3 Tage, seit er in Schleswig ist, hat er noch kein Auge zugetan. Gestern bekam er Morphium, damit er endlich zur Ruhe kommt. Angegriffen sieht er sehr aus. Er liegt mit ungefähr 100 Verwundeten im Stadttheaterlazarett. Ein Kranker, der dicht bei ihm liegt, hat einen Schuß ins Gehirn bekommen und hat infolgedessen epileptische Anfälle. O, wie ist das alles schrecklich! Wieviel Elend bringt nur ein solcher Krieg mit sich! Und wann wird das bloß ein Ende nehmen? Noch ist es nicht* *abzusehen. Wenn nur der Kampf in Frankreich erst entschieden wäre! Vor Antwerpen liegen unsere Truppen schon so dicht, daß die Artillerie die Stadt schon beschießt. Es muß, so erwartet man, diese Tage fallen, und von Frankreich glaubt man oder vielmehr nimmt man an, daß es höchstens noch 4 bis 5 Tage dauern wird. Na, und Ihr Landwehrleute werdet mit den Russen wohl vorerst fertig werden. Nach Frankreich sollen gestern wieder 40–60000 Soldaten hingekommen sein, alles junge Kerle. Hier marschieren täglich so viele junge Leute vorbei, man fragt sich immer wieder, wo kommen die nur alle her? – Gestern stand die 45. Verlustliste abgedruckt, darunter die 76er. Das 76er Regiment ist bös mitgenommen, viele bekannte Namen sind darunter. Hauptmann Nau ist schwer verwundet."*

Die Nachbarn und ihr Verhalten sind ihr ein Trost: *„Frau Gordack bringt mir dann und wann 'ne Handvoll Obst herein. 'Er sorgt ja nicht mehr für Sie, nun muß ich es ja tun!' bei Frau Poggensee bedankte ich mich für die schönen Rosen, die sie mir geschickt. Da sagte sie mir, ich hätte ihr immer so leid getan in einer Zeit, wo die Frau besonders der Liebe bedürftig, so ganz allein zu sein und da hätte sie sich vorgenommen, mir irgendetwas Liebes zu erweisen! Reizend, nicht wahr? Auch über Frau Seyderhelms Blumentöpfchen habe ich mich riesig gefreut. Es tut einem doch wohl, wenn man hin und wieder etwas Liebes hört und sieht, statt der kalten Mitleidslosigkeit und Rücksichtslosigkeit."*
Am nächsten Tag, dem 9.10., schreibt sie: *„Mutter Boldt brachte mir heute Strümpfe und Kniewärmer für Dich als Geburtstagsgeschenk. Ich werde es in den nächsten Tagen absenden. Obgleich Du ja schon mit wollenen Liebesgaben versorgt, so werden Dir diese auch noch willkommen sein. Denn der Winter steht vor der Tür und so schnell, wie Ihr gedacht, werdet Ihr ja nicht nach Hause kommen oder es müßte ganz plötzlich kommen. Heute morgen meldet die Zeitung, daß die Russen schon wieder bis Lyck vorgedrungen sind. Ihr seid doch wohl zu wenig Leute, um mit der Übermacht der Russen fertig zu werden. Vor hier aus kommt alles nach Frankreich hinunter. Von Antwerpen wird heute morgen gemeldet, daß es an allen Ecken brennt; ein Petroleumtank ist in die Luft geflogen, der Bahnhof brennt, ein Munitionslager soll auch getroffen sein. Die Leute bestürmen die Bahnhöfe, alles flüchtet, soweit möglich. Der König soll mit seiner Frau die Stadt im Automobil verlassen haben. Er hat die Stadt übergeben wollen, die Engländer haben ihn gehindert. Und nun*

kommt das Schlimmste an der Sache. 32 deutschen Handelsschiffen und 20 Rheinschiffen, die im Hafen lagen, ist der Befehl zugegangen, die engl. Truppen, die in Antwerpen lagen, nach Engl. zu bringen. Die Niederlande hat dies nicht zugegeben und da hat England – höre nur! sämtliche 52 Schiffe in die Luft gesprengt. Die Erbitterung darüber ist furchtbar. Bezahlen müssen's ja die Engländer; aber damit sind sie lange nicht genug gestraft. Worte findet man darüber garnicht. Soweit die Politik." Später: *„Heute nahm unser Briefträger von uns Abschied. Den Helm und das Gewehr bekränzt, so ging er von Haus zu Haus und sagte Adjö! lachenden Mundes. Abends noch ging's fort nach Frankreich. Übrigens – habe ich Dir schon berichtet, daß gestern Abend Antwerpen noch gefallen. Nun sind dort die Truppen frei und können nach Frankreich hinein. Weniger freudig, sondern recht mit Sorgen erfüllt mich die Nachricht in der Zeitung, daß sich jetzt auch im Osten eine Millionenschlacht vorbereitet. Der Zar ist ins Hauptquartier abgereist und nun kann das Kämpfen losgehen, Und Du mitten drin! Möge der Herrgott Dich gnädig in seinen Schutz nehmen; denn lediglich ihm können wir uns jetzt anvertrauen, er ist unser Schirm und Hort. Schatzel, Schatzel, komme nur wieder heim. Einen anderen Wunsch kenne ich jetzt nicht mehr.*"

Wenn keine Nachricht kommt ...

Am 12. Oktober schreibt Hannchen: *„Denke nur mal an: Heute Nacht habe ich von Dir geträumt. Das war herrlich, sag ich Dir! Du hast neben mir am Pult gestanden und wir beide zusammen haben die Rechnungen durchgesehen. Da war kein Zweifel, es war alles so klar. Und ich war glücklich, daß mein Schatzel bei mir und ich bei ihm. Kannst Du Dir das vorstellen? Mit einem Male warst Du da, kamst unten in den Laden hineingeschneit. Ich traute meinen Augen nicht; ich sehe Dich noch immer, so lebhaft habe ich geträumt. – Was hast Du in der Nacht vom Sonntag zum Montag angestellt? Hast Du vielleicht an mich und an das Geschäft gedacht, daß Du im Traume zu mir kamst? Heute, den ganzen Tag steht mir der Traum so lebhaft vor Augen. Sag mal, gibt es Geister oder Bilder, die etwas im Voraus anzeigen? Besser ist es wohl, ich glaube nicht an Vorbedeutungen – ‚denn sleit Di nix fehl' (wörtlich: dann schlägt Dir nichts fehl, d. Verf.). Aber schön wäre es doch.*"

So versucht Hannchen sich ihren fernen Mann zu vergegenwärtigen. Er ist ihr nah und so schreibt sie: „*Ich freue mich, daß aus Deinen Briefen immer noch der alte Humor guckt. Das ist recht! Wenn Euch auch nicht immer so zu Mute sein wird, wenn Ihr auch mal trübere Stunden habt, – so hat das Kopfhängen doch keinen Zweck. Jeder hat sein Päckchen zu tragen, der eine groß und der andere klein. Begreifen kann ich ja nicht, wie es ‚Männer' geben kann, die in ihren Briefen weiter nichts wie Klagelieder singen können. Und es gibt derer eine ganze Reihe. Daß Euch der Krieg nicht rosig anfaßt, daß Ihr manche Entbehrungen auf Euch nehmen müßt, wohl größer und schwerer wie wir Frauen uns wohl denken, ist selbstverständlich. Aber – muß der Mensch jetzt nicht froh sein, wenn er überhaupt noch gesund und munter auf seinem Posten ist? Nicht wahr, mein Schatzel! Alles andere wird dann schon überwunden werden ...*"

Zwei Tage später: „*Heute ist mein Mut wieder bis auf den Nullpunkt zurück. Heute ist der 6. Tag ohne Nachricht von Dir. Am liebsten möchte man zur Post laufen und sich seine Postsachen selbst heraussuchen. Aber – es geht nicht. Hübsch geduldig muß man warten, bis einem der Briefträger Deine Briefe bringt. Dann aber die Freude! Der Brief brennt einem ordentlich in der Tasche, wenn man nicht gleich zum Lesen kommt. Und dann kommt wieder die Zeit des Wartens – von Tag zu Tag läßt die Freude über den empfangenen Brief nach und sehnsüchtig harrt man des nächsten. Und dann kommt der Briefträger 3–4 Mal den Tag und bringt nichts von Dir. Jedesmal, wenn er wieder fort, ist da eine große Leere – aber alle diese Stimmungsstufen und Gefühle hört und sieht kein Mensch, nur mein Tagebuch und Du durch meine Briefe. Denn, so sehr habe ich mich noch nicht in der Gewalt, um Dir meine Stimmungen nicht anmerken zu lassen, nicht wahr? Ich versuche es auch so viel wie möglich, aber immer will's doch nicht glücken. Schimpf man nicht!*"

Zu seinem Geburtstag (25.10.) schreibt Hannchen an Julius am 15. Oktober: „*Wir würden Dir ja so gerne persönlich einen Besuch abstatten, aber – es ist ja so weit. Wenn es nur irgendwie zu erreichen wäre, wäre ich schon längst bei Dir, aber so ... Du, ich wollte, Du wärest gestern anstatt des Herrn Andresen bei mir eingetroffen. Erst bekam ich natürlich einen Schreck, solch kriegerischer Mann, mit verbundenem Arm, den Verband noch blutig, bei mir eintreten zu*

sehen. Als er mir dann aber schöne Grüße ausrichtete und mir erzählte, daß es Dir dort gut ginge, da wurde mir wieder leichter. Wir haben wohl über eine Stunde erzählt. Ich bot ihm noch Abendbrot an – er sagte, er hätte noch den ganzen Rucksack voll Brot, da gab ich ihm dann einige Zigarren mit, die er dankend annahm. Gefreut habe ich mich riesig, von Dir zu hören, das kannst Du glauben.
Ich danke Dir auch für die mir übersandten Grüße und will nur wünschen, daß es Dir fernerhin noch ebenso gut gehen möge wie bisher. Daß Du die Marschtouren und alle Strapazen so gut abkannst, freut mich immer wieder zu hören. Das ist recht, laß Dich nur nicht unterkriegen und komme mir ja gesund wieder. Wenn Du eine unbedeutende Verletzung erhieltest und nach hier kämest, wäre ich sicherlich nicht böse. Das ist kein schöner Wunsch; ich glaube, ich haben ihn Dir gegenüber schon einmal geäußert – aber Du kannst vielleicht den Wunsch begreifen. Aber wat nich is, is nich und dorbi lat sich nix maken. – Durch Herrn A. bekam ich ja auch allerhand zu hören, was Du mir immer verschwiegen, ich aber längst geahnt habe – nämlich Eure vielen Gefechte. Nicht umsonst sind die 84er schon 2 mal in der Verlustliste aufgeführt worden. Aber Du willst mich nicht beunruhigen, das kann ich Dir nachfühlen. – Hast Du Deine Kiste schon erhalten? Herr A. sagte, daß Du Dir eine wollene Weste gewünscht. Nun habe ich Hemden, Brust- und Leibschützer bereits für Dich eingepackt. Solltest Du trotz alledem eine Weste noch für notwendig halten, so schreibe. Wie ist es mit einem Kopf- und Ohrenschützer? Am Tage brauchtest Du ja dergleichen weniger, aber des Nachts, wenn Ihr draußen kampiert, ist es vielleicht ganz angebracht. Selbiger wird über den ganzen Kopf gezogen und am Hals geschlossen, nur das Gesicht freilassend. Soll ich Dir auch noch Strümpfe schicken? Herr A. sagte, daß Strümpfe knapp. Ebenfalls habe ich auf sein Ersuchen auch gestern Abend noch 60 Würfel Bouillon eingepackt und fortgeschickt. Morgen will ich ein Kistchen mit Zigarren fortschicken, dann ist das 34. Paket unterwegs ...“
Verzweifelt beginnt der nächste Brief: *„Meine Geduld wird diesmal auf eine harte, harte Probe gestellt, meine Geduld und damit auch mein Mut und mein seelisches Wohlbefinden. Am 3. Okt. schriebst Du mir zuletzt und heute haben wir den 17. – es sind als 2 Wochen, seit ich nichts von Dir weiß, nicht, wo Du bist, nicht, wie es Dir geht. In mir sieht's trostlos aus, das kannst Du Dir wohl denken. – Nun darfst Du aber nicht denken, daß ich hier den Kopf hänge und herumweine,*

nein, ja nicht, das gibt das Geschäft nicht zu. Aber in mir, da würgt's und drängt's und schlucken muß ich häufig, damit es nicht hoch kommt. Die Tränen rollen, wenn ich allein."

In ihrem Sonntagsbrief vom 18. Oktober verspricht sie ihm, nicht immer über die nicht erhaltene Post zu klagen, sondern berichtet von ihrem fämiliären und geschäftlichem Alltag und ihren Sorgen. Sie schreibt: *„Kannst Du Dich nicht mal nach hier versetzen lassen? Du hast doch schon kräftig mit dreingeschlagen, überlasse das doch auch mal anderen und melde Dich nach hier. Such Dir irgendeinen Vorwand oder ‚Bahntje'. Geht das nicht? – Gestern bekam ich von Stollwerk ein Schreiben, worin selbiger mitteilt, daß er die Weihnachtsbestellung nicht voll und ganz zur Ausführung bringen kann infolge Fehlens an Rohmaterial und daß er die Bestellung nach seinem Gutachten ausführen wird. Ich glaube, damit muß ich mich zufrieden geben. Denn, wenn Ihr Weihnachten noch nicht zurück, so wird doch das Geschäft bez. dieser Sachen sehr gering sein. Denn zu Weihnachten ist der Krieg noch nicht alle, dann bist Du noch nicht daheim. In Frankreich sieht's schlimm aus. Da stehen 2 Mauern gegeneinander. In Belgien ging's nach Antwerpen's Fall schnell. Gent, Brügge und Ostende sind in deutschem Besitz und die deutsche Frontlinie reicht vom Ärmelkanal bis hinunter nach Belfort. Es ist dort ein Kampf um Leben und Tod, um Sein oder Nichtsein. Ein deutsches Unterseeboot hat im finnischen Meerbusen einen russischen Panzerkreuzer in den Grund gebohrt. Schrecklich, grausam ist der Krieg. Die gesamte Besatzung ist mit ertrunken."*

Am Tag darauf: *„Und wiederum ein Tag vorbei ohne Nachricht von Dir; der sechzehnte ist es schon. Aus welchem Grunde nur mag die Nachricht ausfallen? Entweder wird sie zurückgehalten absichtlich oder Dir ist etwas zugestoßen. – Wenn doch nur eine Karte von Dir käme, nur mit Deinem Namen, dann wüßte ich, daß Du noch lebtest, aber so – oh! was für trübe Gedanken macht man sich nur. Aber ich kann mit dem Kopf nicht durch die Wand und muß hübsch warten. –"* Und dann folgt im gleichen Brief: *„Schatzel, sag mal, mit wieviel Prozent Reingewinn arbeiten wir eigentlich? Am 15. ds. Mts. war nämlich ein Polizeimensch hier, um zu untersuchen bez. Unterstützung, der fragte danach. Ich habe ihm die Frage nicht beantwortet, weil ich's nicht genau sagen konnte. 15 od. 20% sind's, was Schatze-*

Schwarzenbek, 30. Oktober 1914.

* **Dem Verdienste die Krone.** Fast ein Vierteljahr ist seit der Mobilmachung vergangen, die tapferen Söhne unseres Vaterlandes zogen hinaus, um die Ränkewut unserer Feinde ringsumher zu dämpfen und mit den Engländern, die das Verderben über Deutschland heraufbeschwören wollten, gründlich abzurechnen. Jung und alt zog hinaus, stellte sich, soweit sie felddienstfähig waren, in den Dienst des Vaterlandes. Zu den älteren Felddienstfähigen zählte in unserer Gemeinde auch ein Mann, der seit Jahren im Stillen die auswärtige Politik verfolgt hat, der schon lange dem Auslande einen Dämpfer aufgesetzt wissen, und der den Russen, Franzosen und den Engländern die Kriegswut schon seit Jahren legen wollte. Für uns war es oftmals eine Freude, diesen sonst schweigsamen Mann hierüber zu hören, und oftmals sagte er: Die Zeit der Abrechnung wird kommen. Sie ist gekommen, und da war er der erste, der sich seinem Regiment zur Verfügung stellte und mit in den Kampf zog: Dieser Tapferste unter den Tapferen war Herr Sanitätsrat Schmok. Schon die ersten aus der Garnison eintreffenden Briefe zeigten, daß dies sein Wirkungskreis nicht war, er wollte den Kanonendonner um sich haben, am liebsten einen russischen Großfürsten zur Behandlung. Sein Wunsch wurde erfüllt. Den Transporten nach Ostpreußen wurde auch er zugeteilt, und die von ihm hier eingegangenen Briefe tun kund, mit welchem Humor der 57jährige Held die Strapazen des Feldzuges erträgt: „Gehungert haben wir noch keinen Tag, zu essen gab es immer etwas, verschimmeltes Brot und trockenen Käse"; „mitunter habe ich schon in einem Bett geschlafen, aber das will ich nicht mehr, die Wanzen fressen einen auf; ich sitze in einer Reisighütte, die quergelegten Stangen sind mein Bett". So der Mann, der uns allen ein Vorbild treuester Pflichterfüllung ist und der seinen Sohn freiwillig ins Feld geschickt hat. Daß für solche Tapferkeit die Krone des Verdienstes nicht ausbleiben würde, war selbstverständlich und sie kam. Gestern erhielten wir nachstehenden Feldpostbrief:

Lycker Forst, 24. Oktober 14.

An die Redaktion der „Schwarzenbeker Nachrichten"
Schwarzenbek bei Hamburg.

Ich erlaube mir Ihnen die Mitteilung zu machen, daß Ihrem Mitbürger, meinem verehrten Chef, Herrn Sanitätsrat Dr. Schmok, Regiments- und Stabsarzt im Landwehr-Inf.-Reg. 75, für sein unerschrockenes Aushalten im feindlichen Feuer in der Schlacht bei Tannenberg das „Eiserne Kreuz" verliehen worden ist. Gleichzeitig kann ich berichten, daß Herr Dr. Schmok in jugendlicher Frische — er ist sicher der älteste Arzt bei einem Frontregiment — die Strapazen des Feldzuges erträgt; e i n n a c h a h m e n s w e r t e s B e i s p i e l f ü r u n s j u n g e n.

Ergebenst Dr. Hermann,
Assistenzarzt im 3. Bat. Landw.-Inf.-Reg. Nr. 75,
z. Zt. Ostpreußen.

lieb! Nun muß ich das nächste Mal abwarten, ob ich etwas bekomme oder nicht. Ich bin nämlich angezeigt worden (von wem, das weiß ich nicht, denn ich habe doch nur zu August und den Eltern davon gesprochen). Auf meiner Akte stand nämlich: ‚Frau B. führt das Geschäft ihres Mannes in unveränderter Weise fort.' Nun muß ich mal abwarten." –

Kriegs-Erholungsurlaub. Für längeres tapferes Ausharren im Schützengraben und Ueberwinden von Not und Entbehrungen ist den besonders angegriffenen Mannschaften verschiedener Truppenformationen ein Erholungsurlaub von 5 bis 7 Tagen bewilligt worden. Viele weilen deshalb im Schmuck des Eisernen Kreuzes zu dieser ungewohnten Zeit unverwundet beurlaubt in der Heimat.

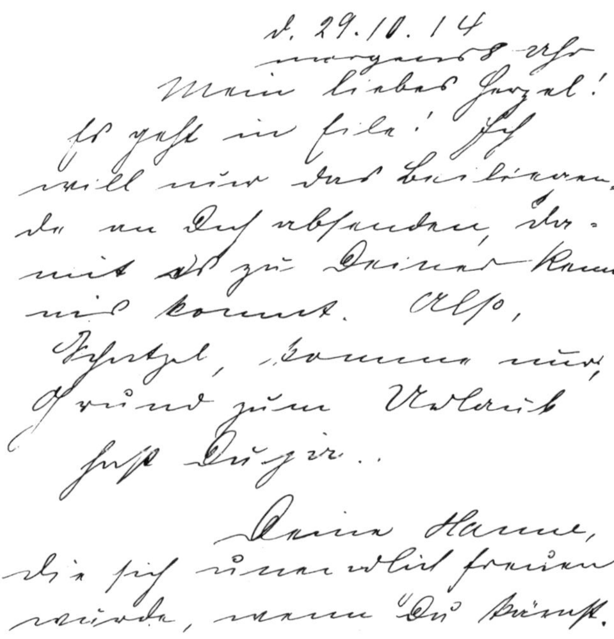
d. 29.10.14
morgens 8 Uhr
Mein liebes Herzel!
Es geht in Eile! Ich will nur das beiliegende, da an Dich absenden, damit es zu Deiner Kenntnis kommt. Also, Schatzel, ‚kommen nur' Grund zum Urlaub hast Du jetzt..
Deine Hanne,
die sich unendlich freuen würde, wenn Du kämst.

Hannchen teilt ihm am 29. Oktober den Inhalt eines Zeitungsausschnittes mit: Dazu schreibt sie: *„Ich will das beiliegende eilig* *absenden, damit es zu Deiner Kenntnis kommt.“* Und später: *„Heute morgen schickte ich Dir einen Zeitungsausschnitt. Kannst Du den nicht ein wenig beherzigen, Schatzel? Ich quäle Dich immerzu damit, schimpfe nur nicht. Ich glaube, wenn Du irgend kannst, kommst Du schon so. Denn Du hast doch auch Sehnsucht nach Deinem Heim. – Sitzt Ihr noch immer in Schützengräben? In der Berliner Ill.* (‚Berliner Illustrierte‘), *die ich heute absandte, sind sehr nette Skizzen über das Schlachtfeld und über die Technik des Krieges. Wenn doch nur dieser schreckliche Krieg erst zu Ende wäre! Nichts wünschen die Menschen mehr herbei als das Ende dieses unseligen Krieges. In Frankreich geht's blutig zu. In dieser Beziehung bin ich ruhig, daß Du nicht da bist, sondern im heiligen Rußland.“*

Eine rätselhafte Feldpostkarte

Aus dem Militärpaß meines Vaters ist zu ersehen, daß er in diesen Tagen an den Gefechten um Nowi-Dwor (25. Oktober) teilgenommen hat. Am 30. Oktober schreibt Hannchen: *„Heute erhielt ich Deine Karte aus Novidor; selbige erscheint mir sehr rätselhaft. Du schreibst: ‚Ich habe meinen Geburtstag eigenartig feiern dürfen. Mir ist alles gut bekommen. Unsere beiden Wünsche sind in Erfüllung gegangen.‘*
Was heißt das? Eigenartig feiern dürfen? Welche Wünsche meinst Du? Wie kommt ihr überhaupt so weit ins russische Reich hinein? Oder bist Du nicht mehr bei Deiner Truppe? Was macht Ihr in Novidor? Gespannt bin ich auf den nächsten Brief. Vielleicht bringt er des Rätsels Lösung. Hoffendlich läßt der nicht so lange auf sich warten.“

Am 31. Oktober: *„Noch die letzte Stunde im Monat Oktober soll Dir gewidmet sein. Gestern und heute habe ich mir viele Gedanken über Dich gemacht infolge Deiner Karte und ich werde auch erst beruhigt sein, wenn ich einen anderen Bescheid von Dir habe. Kreuz und quer sind die Gedanken gegangen, haben jede Möglichkeit erdacht, erwogen und wieder beseitigt und sind doch zu keinem Ergebnis gekommen. Und das alles durch so ein kleines Kärtchen, das Du vielleicht absandtest in voller Redeklarheit, ohne Weiteres dabei zu denken und das bei mir große Angst und Unruhe aufkommen ließ. Zunächst konnte ich den Ort Novidor nicht auffinden. Einen Ort Nowydor habe* *ich wohl gefunden, ich kann mir aber wiederum nicht denken, daß Ihr soweit in Rußland drin sein solltet.*

Dann folgt in dem Brief eine Skizze, in der Hannchen die Grenze zwischen Preußen und Rußland und die von Julius genannten Orte festhält

Sieh, Herzel, so ist die Landkarte. Denn, es will mir nicht in den Kopf, daß Ihr soweit nach Rußland hineinmarschiert wäret, zum mindesten hätte die Zeitung doch etwas darüber berichtet. Oder bist Du von der Truppe fort, gar in feindliche Hände gekommen? Aber hätte ich dann so schnell Bescheid bekommen? Am 26. geschrieben, am 30. hier? Dann wäre die Karte wohl auch nicht so abgestempelt mit dem Stempel der deutschen Feldpost. Zum wenigsten hätte ich dann doch erwartet, daß Du ein Wort davon geschrieben. Schau, lieber Schatz, so geht's hin und her bei mir, so wechseln böse und gute Gedanken und kommen zu keinem Ergebnis. So grübelt man und denkt jede Möglichkeit durch. Oder bist Du gar verwundet und liegst in diesem Ort? Dann hättest Du davon doch etwas geschrieben. Nun, hoffendlich läßt Dein nächster Brief nicht so lange auf sich warten und bringt mir die gewünschte Aufklärung, hoffendlich werden dann alle meine schwarzen Gedanken zunichte und ich kann auf evt. Anfragen nach Deinem Befinden antworten, daß es Dir gut geht. Denn nicht einmal das geht aus Deiner Karte hervor. ‚Mir ist alles so gut bekommen!' Na, ich

Feldpostbrief

HAMBURG -1.11.14. 2-3 N 1

HAMBURG -1.11.14. 2-3 N 1

An den Wehrmann Gefreiten

Julius Boldt

9. Armeekorps | 8. Kompagnie

18. Division | Eskadron

Landwehr Regiment Nr. 84 | Batterie

II Bataillon | Kolonne

S. M. S. | Geschwader

Die Angabe eines Bestimmungsortes unterbleibt, wenn der Empfänger zu den Truppen gehört, die infolge von Marschbewegungen den Standort wechseln.

erwarte viel vom nächsten Brief – der 51. Dein letzter Brief vollendete das halbe Hundert, der nächste eröffnet die zweite Hälfte. Wer hätte es wohl jemals gedacht, daß wir nochmal einen so regen und langen Briefwechsel führen würden? Unser Verlobungsbriefwechsel ist nichts dagegen. Und wie lange wird das noch anhalten, daß wir uns schriftlich unterhalten können, was Herzel? Doch nun genug davon – wie wär's mal mit ein bischen Politik? In Frankreich steht der Kampf noch immer, es soll dort furchtbar blutig sein! England hat erklärt, daß es keine Truppen mehr nach Frankreich senden könne, sondern alle Mannschaften im Lande behalten müsse. Die Türkei hat sich mit Rußland überworfen; gestern und heute haben schon heftige Kämpfe zwischen russischen und türkischen Kriegsschiffen stattgefunden. Die Türken haben 3 russische Schiffe versenkt. Daß die Türkei eingreift, kommt uns günstig gelegen. In Tschingsau (Tsingtau Hafenstadt der deutschen Kolonie Kiautschou) ist es noch das alte: es hält sich tapfer. Die „Emden", unser braver Kreuzer (der bisher 52 Schiffe versenkt hat) hat gestern ein engliches und ein russisches Schiff versenkt. Eine große Flotte ist zur Verfolgung dieses Kreuzers aufgebracht und

„Emden" hat sie alle an der Nase herumgeführt. Es hat sich einen 4. Schornstein aufgesetzt und ist den feindlichen Schiffe so genaht, um dann im rechten Augenblick zu verschwinden, Mannschaften schont der Kreuzer, nimmt die Ladung über (zumeist Kohlen und Nahrungsmittel) und versenkt dann das Schiff. Was für ein Kapital und wieviele Menschenleben ruhen schon seit dem 1. August auf dem Meeresgrund und wieviel Menschen deckt schon die kalte Erde zu. –"

Am 1. November schreibt Hannchen an ihren Mann, daß sie besonders schmerzvoll an ihn dächte: *„Was wir einander waren, – wir haben's recht erfahren, weil Du nun scheiden mußt."* Und: *„Die Stunden der Trennung lehren uns die Stunden des Zusammenseins doppelt und dreifach zu schätzen, nicht wahr, mein Lieb! – Ein Vierteljahr ist schon seit dem Beginn dieses schrecklichen Krieges verflossen und noch ist kein Ende abzusehen. Der einzige Trost ist, daß wir mit jedem Tag und jeder Stunde dem Ende des Kampfes näherkommen. – Heute, Sonntag Abend, sitze ich hier allein am Schreibtisch. Vor mir steht Dein Bild. Ich brauche es nicht anzusehen, Dein liebes, gutes Gesicht sehe ich stets vor mir. (Wenn es auch jetzt um manches verändert sein mag). – Heute Abend hatte ich eine ernste Unterredung mit Mama. Wirtschaftssorgen, Geldfragen, Dienstbotengeschichten etc. und allerlei dergleichen Sachen wurden angeregt. Schatzel, Du verstandest das Rechnen so gut, da hatte ich nicht nötig, mich groß darum zu kümmern. Du sagtest, so soll's geschehen und so war's dann auch richtig. Und Mama – hat so eine ganz andere Methode des Rechnens und Einteilens; will ich ihr das Wirtschaftsgeld wöchentlich zuteilen, so heißt's, ich will's ihr zu knapp bemessen, zu viel will sie auch nicht haben – na, das ist ein ewiges Hin und Her. Doch nun klage ich Dir solche kleinlichen Sachen vor, die doch in diesen Zeiten so wenig Bedeutung haben ... und doch bin ich froh, daß ich jetzt die Eltern habe, wenn auch manches sich nicht verträgt. Es wird wohl eine andere Zeit kommen, wo mein Schatzel mir all diese Sorgen und Zweifel löst, mir hilft und beisteht in allen Konflikten der Seele. Die Frau ist doch imgrunde ein Wesen, das der Führung des Mannes bedarf, das sich nach dem Manne sehnt und nicht alleine der rauhen Wirklichkeit standhalten kann. Durch diese Zeit müssen wir uns durchhelfen, so gut und schlecht es eben geht. Und so lange mein Schatzel nicht bei mir, so lange gibt's in mir keinen Frieden und keine Ruhe. Herzlieb, wann kommst Du heim?"*

Hannchen schreibt am 2. November: *„Morgen, Herzlieb, schicke ich Dir ein Paar Pulswärmer von Frl. Döpp. Sie fragte mich nämlich mal gelegentlich, ob ich meinem Mann auch wollene Socken strickte. Als ich ihr sagte, daß ich dazu wirklich keine Zeit, meinte sie, da sie keine Angehörigen im Kriege, ich sollte Dir die Pulswärmer schicken. – Solltest Du sie nicht verwenden können, so gib sie dem, der keine hat. Hauptsache ist, daß sie ihren Zweck erfüllen. Es ist doch nett, wie sich alle Leute um Dich sorgen."* Am nächsten Tag: *„Heute endlich kam Nachricht von Dir, die uns Aufschluß brachte, jedenfalls insofern, was das Feiern Deines Geburtstages betraf. Daß Ihr den Tag wohl im Gefecht gelegen, konnte ich mir schon denken, bloß der Zusatz: ‚Unsere beiden Wünsche sind in Erfüllung gegangen' war so eigenartig."*

„Gott mit uns – der Glaube rührt zu Tränen"

„Hier in Hbg. wartet man täglich auf das Zusammenbrechen der französischen Macht. Es soll jetzt das letzte verzweifelte Aufflackern sein, um nachher desto blutiger zusammenzubrechen. Heut morgen war Herr Hülse hier. Interessant ist die halbe Stunde, die er bei uns ist. Der Ladentisch ist sein Schlachtfeld, auf dem er uns die unmöglichsten Pläne entwickelt. Er ist ordentlich verjüngt. Sein Sohn nimmt als Kriegsfreiwilliger teil, er liegt bei Skt. Quentin und hat seit dem 22.10. nichts von sich hören lassen. Aber der liebe Gott wird ihn schon erhalten, so sagt er. Der Glaube rührt zu Tränen. bittet doch jedes den lieben Gott um Schutz für die Seinen. – Noch habt Ihr ja, nach Deinem Brief zu urteilen, keine Ablösung. Und dabei heißt's hier, daß die Truppentransporte, die hier fortkommen (deshalb war Sonntags auch kein Ladenschluß und keine Sonntagsruhe) nach Rußland gehen. Na, vielleicht kommt die Ablösung ja schneller als Ihr meint und dann kommt Ihr zurück. Ich bin dann ruhiger, wenn ich Dich etwas mehr geborgen weiß. Damit will ich mich gerne bescheiden. – Die Ortschaften, aus denen Deine Briefe kommen, kann ich nicht auffinden. Es sind jedenfalls kleine unbedeutende Fleckchen. – In betreff Kommis bin ich mir schon vollkommen einig. Ich führe die Sache allein. Ich habe heute abend gerade die jungen Leute noch einmal vorgehabt und haben ihnen ans Herz gelegt, daß das Geschäft jetzt die Hauptsache, ich habe darauf hingewiesen, daß ich evt. zu Weihnachten einen

Kommis nehmen würde. Aber ich hätte das Vertrauen zu ihnen, daß wir, wenn sie sich ein bischen zusammennehmen, die Sache allein schaffen würden. Ihr Schaden sollte es gewiß nicht sein. Wir wollten uns doch nicht blamieren und das Geschäft fein zu Wege halten, damit der Chef bei seiner Heimkehr sich auch freut. Na, sie versprachen auch, ihr Möglichstes zu tun. Wenn man ihnen nämlich dann und wann ein paar freundliche Worte gibt, dann laufen sie noch mal so schnell. Heute sind Deine 20 M angekommen. Tausend Dank."

Im gleichen Brief: *„Weißt Du, Herzel, wenn ich heute Abend vor einem Vierteljahr zurückdenke, wie sah es da aus! Es war unser letzter Abend, den wir zusammen verlebten. Es sind keine schönen Erinnerungen und doch tauchen sie immer wieder auf. Es war ein trauriger, mir unvergeßlicher Abend. Und dann die Nacht und den Morgen am 5. August – man glaubte nicht, es zu überstehen und es ging alles."*

Ein sachlicher Bericht folgt zwei Tage später:
„Heute war hier schulfrei, weil in Hbg. und Altona auf dem Rathausmarkt englische Geschütze ausgestellt waren. Diese Völkerwanderung, sage ich Dir! Und eine Menschheit soll in der Stadt gewesen sein! – Meine Unterstützung ist mir am 15. Oktober wieder entzogen worden. Daraufhin reichte ich ein Gesuch um Wiederbewilligung ein; heute kam der Bescheid, wieder abschlägig beschieden und gleichzeitig kam die Aufforderung, das bereits erhaltene Geld (106.03) wieder herzugeben. Ich habe natürlich gesagt, das könnte ich nicht, weil ich nichts habe, die Polizeibehörde soll warten, bis Du wieder da bist. Na, dabei läßt sich nichts machen. Und wenn's weiter nichts ist, brauchen wir uns nicht zu sorgen, mit Gewalt ist da nichts zu machen. Ich habe der Behörde fein auseinander „gepuhlt" (erklärt d. Verf.), *daß ich per Monat mit 268 M minus arbeite (Wie ich das aufgestellt habe, kannst Du Dir später mal ansehen). Aber das hat alles nichts genützt."* Dann: *„Von Rußland meldet die Zeitung nichts Neues. Türkei hat Krieg erklärt, was ja für uns recht günstig. In Flandern geht's blutig her. Heute Abend Extrablatt: Die ersten deutschen Geschosse auf englischem Boden. Wir haben über den Kanal bombardiert und zwar haben einige deutsche Kreuzer einen Vorstoß gegen die Küste gemacht und einen engl. Kreuzer und ein engl. Unterseeboot vernichtet. Auf deutscher Seite keine Verluste. Kreuzer „York" ist durch Auflaufen auf eine Mine gesunken, Kreuzer „Emden" hat zwei Handelsschiffe versenkt."*

Der 6. November – wie ihn Julius, wie Hannchen ihn erlebt haben

Seit langem wird sich Hannchen schmerzlich immer stärker bewußt, wie sie gleichsam ins Ungewisse hineinschreibt, weil sie weder weiß, wo jetzt „ihr Julius steckt", noch in dieser aktuellen Stunde des Schreibens ahnen kann, welche Situation er gerade durchlebt. Diese Erfahrung meiner Mutter kann ich nachvollziehen, wenn ich ihren Brief vom 6. November lese und mir den gleichen Tag im Leben meines Vaters vorstelle – nämlich den Tag seiner Gefangennahme, über den er am 15. November als Kriegsgefangener genau berichtet. Zuerst der Brief meiner Mutter:

(Frühmorgens am 6. November 1914)

„Mein heißgeliebtes Schatzel,
Ich sitze hier in der warmen Stube und denke an mein Schatzel weit in der Ferne. Ihr könnt Euch garnicht denken, was eine warme Stube ist. Ihr werdet das Nomadenleben ja so gewöhnt, daß Ihr Wind und Wetter viel weniger empfindet, als wir es wohl denken. Denn es vergeht kein Abend, wo ich nicht daran denke: Ihr armen, armen Leute, müßt bei dem kalten, nassen Wetter draußen im Freien wohnen. Mich friert hier im geheizten Raum. Das ist aber bei mir kein Wunder: Meine ‚Wärmkruke' fehlt mir. Abends im Bett klappere ich mir was zurecht. Weißt Du noch, Lieb, wenn Du mir mein Bett so schön gewärmt hattest und ich kam dann hinein und kuschelte mich an, so ganz, ganz dicht! Da war mir dann gleich warm. Aber es ist wohl nicht das Wetter allein, was mich frieren macht, auch die Einsamkeit macht frieren. Mitten unter Verwandten bin ich allein und verlassen, nur Du, mein Herzel, fehlst mir. Niemand und Nichts kann mich auch nur im Entferntesten so ausfüllen und so verstehen, wie Du es getan. Weil Du bisher die einzige Seele, die mich lieb hat, so fehlst Du mir jetzt doppelt. Also, Herzlieb, komme mir wieder heim, ich hab so große Sehnsucht nach Dir. Ich wüßte nicht, was aus mir werden sollte, kämst Du nicht zurück.
Heute bringt die Zeitung einen großartigen Artikel, überschrieben Wehe Dir, England! Aus beiliegendem Extrablatt ersiehst Du, daß England zur See wieder eine ziemliche Schlappe erlitten hat. Die engl. Kreuzer waren willens, auszurücken, um auf die „Emden" zu fahnden, wurden dabei von deutschen Kreuzern angegriffen & in den

19. Jahrgang. | Extra-Ausgabe der | 6. November 1914.
Unentgeltlich. | Neuen | Unentgeltlich.

Hamburger Zeitung

Täglich 2 Ausgaben. | Monatlich Mk. 1.— frei Haus.

Amtlich bestätigt.

Deutscher Seesieg an der chilenischen Küste.

Kreuzer Monmouth vernichtet, Kreuzer Glasgow und Goodhope schwer beschädigt.

WTB. Berlin, 6. November. Nach einer Meldung des amtlichen englischen Pressebureaus ist am 6. November durch unser Kreuzergeschwader in der Nähe der chilenischen Küste der englische Panzerkreuzer Monmouth vernichtet worden. Der Panzerkreuzer Good Hope ist schwer beschädigt worden, der kleine Kreuzer Glasgow ist beschädigt entkommen. Auf deutscher Seite waren beteiligt: Der große Kreuzer Scharnhorst, der große Kreuzer Gneisenau, die kleinen Kreuzer Nürnberg, Leipzig und Dresden. Unsere Schiffe haben anscheinend nicht gelitten.

Der stellvertretende Chef des Admiralstabes:
Behncke.

Für die Redaktion verantwortlich: Wilhelm Bronisch, Druck und Verlag von [illegible] & Co. Hamburg.

Grund gebohrt oder kampfunfähig gemacht. – Heute ist hier in Hbg. die Überführung sämtlicher Engländer vom 17.–55. Jahre ins Konzentrationslager bei Berlin erfolgt. Den Deutschen in Engl. ist nämlich seit langem schon dieses Schicksal beschieden & nach Ablauf eines Ultimatums, das Dschld. an Engl. richtete betreffs Freilassung der gefangenen deutschen Zivilbevölkerung, ist hier in Dschld. die Internierung sämtlicher wehrfähiger Engländer erfolgt. – Gestern schon berichtete die Zeitung über ‚die ersten deutschen Geschosse auf engl. Boden'. Der Flieger Caspar hat den Kanal überflogen & an der Küste Engl. 15 Bomben geworfen, die zum Teil großen Schaden anrichteten. In Westflandern muß sich das deutsche Heer den Boden Schritt für Schritt erkämpfen. Das Gelände dort ist vollständig unter Wasser gesetzt.
In Hamburg siehst Du jetzt keinen Schutzmann mehr mit einem Helm, alles ist abgegeben, auch die grauen Mäntel. Sämtliche Beamten, wie z. B. Zoll- und Steuerbeamte etc. haben ihre zweiten Mäntel hergeben müssen. Golfjacken von Damen sind gesuchte Artikel, ebenso Taschenlampen, Ferngläser & Brownings. – Heute erzählte mir Frl. Wall, daß Steigerwald (Blumenberg) gefallen sein soll, oder vielmehr wußte sie es positiv. Nun muß man heute mit der Verbreitung solcher Nachrichten sehr vorsichtig sein, denn gar zu leicht ist nicht viel dahinter. – Heute sind Deine beiden Pakete mit Hemd & Strümpfen angekommen. Wenigstens war es doch ein Lebenszeichen, wenn deine Hand auch nur die Adresse geschrieben. Martin Hopf hat mir heute Deine Stiefel gebracht; wenn du sie wieder haben willst, sage nur „Piep"! Auch wenn Du Strümpfe haben willst. Morgen will ich sowieso ein Paar für Dich zur Post geben. Auch wenn Wollsachen not tun, melde Dich.
Schatzelchen, gute Nacht! Bleibe nur gesund & munter, damit Du bald wieder heimkehren kannst zu Deiner sich unendlich nach Dir sehnenden
Süße Küsse!!!" *Hannefrau*

Am nächsten Morgen, wiederum sehr früh – es sind die gleichen Stunden, von denen Julius in seinem Brief spricht, schreibt Hannchen unter dem 7. November 1914:
„Sonntag – und weil es noch sehr früh ist, sitze ich unten im Kontor & beginne Deinen Sonntagsbrief. Grau & trübe dämmert der Morgen herauf & grau & trübe sieht es noch aus. Hier im Laden das

altgewohnte Bild: Rudolf putzt die Scheiben, Hermann packt im Schokoladenschrank & Gustav mach rein. Heute ist nur bis 10 Uhr auf. Vergangenen Sonntag hatten wir keine Sonntagsruhe. Und noch 3 Sonntage, dann müssen wir durcharbeiten. Schadet nichts, dann kommen wir wenigstens nicht auf trübe Gedanken. Und Du, mein Lieb, wie schaut es dort aus? Auch grau & trübe, was? Hoffendlich ist der Winter unseren Kriegern nicht so streng gesinnt, damit Euch das Ausharren im Felde nicht so schwer wird.“

Der folgende Brief, in dem Julius Boldt über den 6. November, den Tag seiner Gefangennahme berichtet, ist erst im Dezember 1916 über eine Rendsburger Adresse an Hannchen geschickt worden:

Wilna, 15.11.14

„Meine liebe Frau!
Es ist wiedermal Sonntag heute; und ich will es trotz der eigenartigen Umstände nicht unterlassen, Dir einen Sonntagsgruß zu senden. Hoffentlich gelangt der Brief in Deine lieben Hände. Die Geschichte meiner Gefangennahme ist folgende: In der letzten Zeit hatten wir sehr viele Gefechte und anstrengende Tage & Nächte. Am 6. 11. 5–N bezog unsere Komp. Vorposten auf einem einzeln gelegenen Gut. Nach 120 Min. waren wir von ca. (ausradierte Zeile) umzingelt. Wir wurden aufgefordert, uns zu ergeben. Es sollte uns nichts passieren. Wir verteidigten uns bis gegen 8 Uhr Morgens; nachdem die Ställe & Scheunen um uns niedergebrannt waren und unser Haus, durch Artillerie eifrig beschossen, uns überm Kopf zusammen fiel. Es war eine aufregende Nacht. Wir flüchteten in ein abgebranntes Stallgebäude. 2 Maschinengewehre sandten Grüße. Hier kam das letzte Ultimatum des russ. Kommandeurs. Entweder gefangengeben oder in 5 Min. tot. Wir überlegten mit unserem Komp.-Führer. An ein Durchbrechen war nicht zu denken. Der Rest der 8. Komp., ca. 20 Mann ergab sich. Viele Kameraden sind tot & verwundet; viele hatten sich schon vordem ergeben. Ich habe meine gesunden Knochen behalten und bin dem lieben Gott besonders dankbar dafür. Die Russen haben uns gut und kameradschaftlich aufgenommen. Sie boten uns gleich Zigaretten an. Der russ. Divisions-General hat uns wegen unseres tapferen Aussharrens gelobt und will der Regierung darüber berichten. Augenblicklich haben wir hier in Wilna Unterkunft gefunden. Unser Endziel ist uns unbekannt. Essen & Trinken bekommen

wir reichlich. Behandlung ist anständig. Man muß sich in jede Lebenslage hineinfinden und ich kann ruhig behaupten, daß ich mich an das Gefangensein gut gewöhnt habe. Du brauchst Dich wirklich nicht zu härmen. Jede Zeit, auch die trübseligste hat ihr Ende. Halte nur wacker aus. Die Freude später wird eine um so größere sein. Es ist schade, daß mich das angekündigte Bildchen von Euch nicht erreicht hat. Vielleicht bist Du so lieb und sendest mir eines hier nach. Meine Gedanken fliegen täglich diverse Male zu Euch. Hoffendlich geht's Euch gut. Der schriftliche Verkehr wird ja nun etwas langsamer gehen; um so begieriger ist man dann auf ankommende Post. Sei Du, mein Lieb, und die beiden Brillanten auf das herzlichste umarmt von Deinem Mann."

Bange Ahnungen – vergebliche Hoffnungen

Erst am 17. Dezember 1914 erfährt Hannchen, daß Julius in Kriegsgefangenschaft geraten ist. Bis zu diesem Zeitpunkt schwankt sie zwischen schlimmen Ahnungen (Gefangenschaft – Verwundung – Tod) und wilden Fantasien über die plötzliche Heimkehr ihres Mannes. Zwischen dem 7. November und dem 17. Dezember steigert sich Hannchens Sorge um ihren Mann. Doch wie bisher versucht sie, sich in ihren Briefen einen Halt, eine Haltung zu geben, indem sie über „Siege" und „Gerüchte" berichtet, über die Kinder und die Eltern zuhause und über die Angestellten und Kunden, über das Geschäft und Geschäftliches.

Am 10. November schreibt sie: „*Jemand hier im Laden hat mir erzählt, wer von den Landwehrleuten aus dem Osten heil und gesund wiederkäme, könne seinem Herrgott danken – denn das wäre tatsächlich ein Wunder. Es soll dort fürchterlich zugehen. Frau R. sagte mir, ihr Mann kann schon eine ganze Menge ab, aber – wenn die Rede auf den Krieg kommt, schüttelt er nur den Kopf. – Und ich muß mich noch immer gedulden. Ein Herbeisehnen hilft nicht. Wie ich auch ausschaue nach Dir, nichts kommt, mein Schatzel ist weit fort. Mitunter habe ich schon gedacht, wenn die Nachricht so lange ausbleibt, na, vielleicht kommt mein Mann mal – aber dann kommt ein Brief aus irgend einem russischen Nest an – siehst Du, mein Lieb, so bringt selbst ein lang ersehnter Brief eine kleine Enttäuschung mit sich. Kannst Du das wohl verstehen? Je länger ich ohne Nachricht bin, desto sehnsüchtiger schaue ich aus 1.) nach dem Briefträger 2.) nach meinem Schatzel. –*

19. Jahrgang. **Extra-Ausgabe** 11. November 1914.

der

Unentgeltlich. **Neuen** Unentgeltlich.

Hamburger Zeitung

Täglich 2 Ausgaben. Monatlich Mk. 1.— frei Haus.

Amtlich bestätigt.

Gute Fortschritte im Westen

3500 Gefangene. — Dixmuiden genommen.

Großes Hauptquartier, 11. November, vormittags. (Amtlich.) Im Yserabschnitt machten wir gestern gute Fortschritte: Dixmuiden wurde erstürmt. Mehr als 500 Gefangene und 9 Maschinengewehre fielen in unsere Hände.

Weiter südlich drangen unsere Truppen über den Kanal vor.

Westlich Langemarck brachen junge Regimenter unter dem Gesang: „Deutschland, Deutschland über alles" gegen die erste Linie der feindlichen Stellung vor und nahmen sie. Etwa 2000 Mann französischer Linieninfanterie wurden gefangen und 6 Maschinengewehre erbeutet.

Südlich Ypern vertrieben wir den Gegner aus St. Eloi, um das mehrere Tage erbittert gekämpft worden ist. Etwa 1000 Gefangene und 6 Maschinengewehre gingen dort in unseren Besitz über.

Trotz mehrfacher heftiger Gegenangriffe der Engländer blieben die beherrschenden Höhen nördlich Armentières in unserem Besitz.

Südwestlich Lille kam unser Angriff vorwärts.

Große Verluste erlitten die Franzosen beim Versuche, die beherrschenden Höhen nördlich Vienne-le-Chateau am Westrande der Argonnen zurückzuerobern. Auch im Argonnenwalde sowie nordöstlich und südlich Verdun wurden französische Vorstöße überall zurückgeworfen.

Vom östlichen Kriegsschauplatz liegen keine Nachrichten von Bedeutung vor.

Oberste Heeresleitung.

Verantwortlicher Redakteur: [illegible], Hamburg. · Druck und Verlag: [illegible] & Co. in Hamburg.

Telegramme

des

General-Anzeiger

für Hamburg-Altona.

(Amtlich.)

Der Verlust unserer Kreuzer Emden und Königsberg.

London, 11. November. Die Admiralität teilt mit: Der deutsche Kreuzer Königsberg ist in der Rudfidji-Mündung in Deutsch-Ostafrika eingeschlossen und von einem im Fluß versenkten Kohlenschiff an der Ausfahrt gehindert. Der deutsche Kreuzer Emden ging auf der Höhe von Keeling, einer der Inseln im Indischen Ozean, unter.

London, 11. November. Die britische Admiralität berichtet ihrem Gesandten im Haag: Nachdem der Aufenthalt des Kreuzers Königsberg durch seinen Angriff auf den englischen Kreuzer Pegasus am 19. September entdeckt worden war, entsandte die Admiralität eine Anzahl schneller Kreuzer nach den ostasiatischen Gewässern, um Königsberg einzukreisen. Am 30. Oktober wurde die Königsberg durch den Kreuzer Chattam aufgespürt. Sie verbarg sich in untiefen Gewässern 6 Meilen von der Mündung des Rudfidji-Flusses. Wegen ihres größeren Tiefganges konnte die Chattam die Königsberg nicht erreichen. Wahrscheinlich ist der deutsche Kreuzer auf Grund fest. Die Bemannung ist an Land gesetzt worden und hat sich in Laufgräben an der Mündung eingegraben. Königoberg wurde von der Chattam beschossen, die auch auf die Laufgräben feuerte. Wegen der vielen Palmenwälder war die Wirkung des Feuers nicht festzustellen. Um das Schiff festzuhalten, wurde ein Kohlenschiff in der Fahrrinne versenkt, sodaß der englische Kreuzer für eine andere Operation frei wird.

Zu der Jagd auf die Emden berichtet die Admiralität: Durch das Zusammenwirken mit französischen, russischen und japanischen Schiffen, zu denen auch die australischen Schiffe Melbourne und Sydney stießen, wurde es ermöglicht, die Emden bei Keeling auf den Kokos-Inseln, wo sie Truppen gelandet hatte, um die drahtlose Station zu zerstören, zu stellen. Das Schiff wurde vor Sydney entdeckt und zum Kampfe gezwungen. Es folgte ein schweres Gefecht, in dem die Sydney 3 Tote und 15 Verwundete hatte. Die Emden wurde auf den Strand getrieben und geriet in Brand. Ihre Verluste an Menschenleben müssen sehr groß sein. Hilfe wurde nach Möglichkeit geboten.

Verantwortlicher Redakteur: [illegible], Hamburg. · Druck und Verlag: [illegible] & Co. in Hamburg.

Den Augenblick unseres Wiedersehens male ich mir so häufig aus, es ist aber immer nicht richtig. Und dabei hört man von allen Seiten so sehr viel Schlimmes und nichts Gutes. Wäre doch erst ein Ende abzusehen. – Ob wir den nächsten Sommer wohl schon Frieden haben? Ob Du dann schon wieder daheim bist? Ich habe mir die Zeit der Trennung doch lange nicht so schwer vorgestellt, und je länger es dauert, desto lähmender wirkt sie. In mir sieht es manchmal recht, recht trostlos aus. Aber nur manchmal, nicht immer, mein Herz. Deshalb tröste Dich nur; denn ändern kannst Du es doch nicht, es sei denn, daß Du selber kämest.“

Am nächsten Tag legt sie ihrem Brief zwei Extrablätter bei: „Der Verlust unserer Kreuzer ‚Emden‘ und ‚Königsberg‘ – das andere mit der Überschrift: ‚Gute Fortschritte im Westen‘. Sie schreibt am 11. November: *„Heute gießt es – ich war in der Stadt, patschnaß kam ich nach Hause und habe mich von Kopf bis Fuß umgezogen. Ich hab's gut, nicht wahr? Was machst Du, mein Lieb, wenn Du durchgeregnet? Du bleibst in Deinem nassen Zeug, nicht wahr? Dabei wird sich mancher von Euch den Tod holen. Wäre doch erst der Krieg zu Ende! Besser wäre es für Euch, wir gingen dem Sommer entgegen. Na, noch ein Vierteljahr, dann geht es zum Frühjahr. Wenn wir nur erst das 2. Vierteljahr hinter uns hätten! Wie es dann wohl in der Politik ausschaut? Wie Du aus beiliegenden Sonderausgaben ersiehst, geht es in Frankreich langsam, aber sicher vorwärts. Weniger erfreulich sind die Verluste unserer beiden Kreuzer. Daß ‚Emden‘ einmal so enden würde, war ja vorauszusehen. Leider ist es nun so schnell gekommen. Sie hätte ja vorerst noch ordentlich Unheil stiften können.“* Und: *„Ehe Du nicht hier bist, ehe ich Dich nicht in gesicherter Stellung weiß, eher komme ich auch nicht wieder zurecht, eher bin ich auch die alte Hanne nicht wieder. – Schatzel, denkst Du daran, daß wir dieses Jahr im November Dein 10jähriges Geschäftsjubiläum feiern wollten? Ich weiß das Datum nicht genau, ob es am 10., 15., 16. oder 20. des Monats ist.“* Dann: *„Dr. Caro hat seinen 20jährigen Sohn (stud. med. Kriegsfreiwilliger) hergeben müssen. Noch gestern, als er hier war, sagte er, daß sie längere Zeit keine Nachrichten hätten und heute Abend schon steht die Todesnachricht in der Zeitung. Wie ist das alles so traurig!“*

Am 12. November schreibt Hannchen: *„So oft ich Deine Adresse schreibe, so oft kommt mir der Gedanke: Hast Du zu der Stunde, in*

der Du dieses Wort schreibst, überhaupt noch einen Mann? Vielleicht hat ihn das Schicksal erreicht, wie es so viele andere schon getroffen. Das sind alles törichte Gedanken, nicht wahr? Aber sie sind da und wegjagen lassen sie sich nicht, sie tauchen mit unfehlbarer Sicherheit immer wieder auf. Heute Abend wurde mir im Laden erzählt, die Russen sollen schon wieder bis Königsberg vorgedrungen sein und sollen viele deutsche Truppen vollständig abgeschlossen haben. Nun sitze ich hier natürlich in Angst und Sorge; hinzu kommt, daß ich Nachricht von Dir zuletzt vom 29. Oktober bekam. Es sind also schon 14 Tage zwischendurch verstrichen, mitunter ist mir wirklich, als sollte ich dazwischen verrückt werden, dieses ewige Sorgen und Bangen macht so mutlos, so verzweifelt schaut man in die Welt."
Später im gleichen Brief: *„In unserem Laden an der Säule prangt ein Schild, darauf steht:*

‚Als Abschiedsgruß sag nie: Adieu!
Das tut dem deutschen Herzen weh!
Guten Tag! Grüß Gott! und Lebewohl
Sind Worte, die man sagen soll.'

Und seit der Zeit heißt es bei uns nur noch, wenn jemand hinausgeht Guten Morgen! Guten Tag! oder Guten Abend! Warum denn auch Fremdwörter?"

Immer wieder taucht bei ihr die Vorstellung auf, Julius sei unterwegs zu ihr: *„Mitunter taucht mir in all meiner Mutlosigkeit der Gedanke auf, vielleicht ist ja Schatzel auch schon auf dem Wege zu Dir! Aber – der nächste Augenblick verwirft den Gedanken wieder. Ach, wie herrlich wäre es doch, wenn Du hier mit einem Male ankommen würdest."* Am nächsten Tag, am 13.11. schreibt sie ihm auf einer Feldpostkarte: *„Heute Nachmittag kam Deine Karte vom 1. Nov. aus Now-Dwolesky. Nun bin ich zufrieden, weil ich ein Lebenszeichen von Dir habe. Hoffendlich kommt morgen ein Brief. Die Karte ist 13 Tage unterwegs, das ist lange, nicht wahr?"* Der 15. November ist wieder ein Sonntag. Hannchen schreibt: *„Und wieder ist ein Sonntag! Ein Sonntag, der für mich viel Aufregung mit sich brachte. Ich war nämlich heue nachmittag bei August und erfuhr dort, daß Mandus (wie August ein Bruder von Julius) am Freitag einen Brief zurückerhalten mit dem Vermerk „bei 8.84er nicht aufzufinden". Kannst Du Dir vorstellen, wie mir jetzt zumute ist. Nur ein ganz kleiner Hoff-*

nungsschimmer ist da: Vielleicht ist Schatzel auf dem Weg nach Hause. – Tausend Gedanken, tausend Erwägungen und Möglichkeiten kreuzen einem durch den Kopf. – Trotz aller Niedergeschlagenheit schaut man aus, ob Du nicht bald kommst. August uzte mich heute Abend noch, er sagte: „Gehe nur schnell nach Hause, vielleicht ist Julius schon da!" Wie gerne möchte man es glauben. Wie sich jetzt alles lösen wird, ist mir ein Rätsel. Einen Ausweg weiß ich bald nicht mehr. – In einem Augenblick, wo ich Nachricht bekomme, daß es Dir gut geht und ich mich darüber freue, kann es Dir schon recht schlecht gehen. Es sind schlimme Zeiten!"

Später: *„Moormanns haben von ihrem jüngsten Sohn seit dem 25. Oktober keine Nachricht. Er ist ja in Nordflandern, wo die Schlacht bei Langemarck am heißesten brennt. Es soll fürchterlich sein. ‚Eine solche Schlacht wird es nie wieder geben', berichtet die Zeitung. ‚Jeder Fußbreit Boden mit Blut durchtränkt!' Hoffendlich gibt es im Norden bald eine Entscheidung. Man wartet von Tag zu Tag. Jeder Zentimeter Boden muß schwer erkämpft werden. – Schatzilieb, mit uns ist es augenblicklich eine komische Sache. Wenn ich schreibe, sage ich mir: ‚Ist Schatzel auch vielleicht schon auf dem Wege nach Hause? Dann kannst Du ihm ja besser alles erzählen! oder: Ist Schatzel in Feindeshand oder im Lazarett, dann bekommt er die Sachen garnicht.' Die dritte Möglichkeit zu denken, möchte einen in Verzweiflung bringen."*

Am nächsten Tag: *„Ich sitze noch immer ohne Nachricht und ohne Gewißheit. Ich male mir alle erdenklichen Möglichkeiten aus und verwerfe sie dann wieder. Mitunter denke ich, vielleicht ist Schatzel morgen oder übermorgen schon bei Dir. Aber der Gedanke ist so wenig wahrscheinlich, man möchte es sich so gerne vortäuschen und es will nicht recht gehen. Was mir jetzt überhaupt alles im Kopf herumspukt, glaubst Du garnicht, Herzlieb. Wenn ich im Laden bediene, muß ich mir häufig einen recht kräftigen Stoß geben: ‚Hanne, sei bei der Sache!' Die Gedanken sind sprunghaft, bald hier, bald da. Nirgends finden sie Ruhe, nirgends Rast. Es sind trostlose Stunden."*

Am 16. November hat Herr Ewers vorgesprochen. Er will erfahren haben, schreibt Hannchen, *„daß in Ostpreußen wieder eine 10tägige Briefsperre eingetreten sei. Vielleicht kommen nun Deine Briefsachen durch. Vielleicht bringt mir der Postbote morgen Postsachen von Dir.*

Aber ich sehe ihn in Gedanken schon vorbeigehen, ich sehe Hanne Boldts traurigen Blick und dann ist die alte Mut- und Hoffnungslosigkeit wieder da. – Im Laden ist gut zu tun. Für unsere Soldaten wird viel eingekauft, denn vom 23.–30. November sind Weihnachtspakete für unsere Soldaten zugelassen und zwar bis zu 10 Pfund. Ich glaube, in Deinem Sinne zu handeln, wenn ich Dir nicht wieder ein so großes Paket schicke, Du hast es allemal zu schleppen. Lieber ist es Dir wohl, so nehme ich wenigstens an, wenn Du die kl. Pakete so nach und nach erhältst. Da hast Du nicht so viel zu schleppen und hast ein bischen Abwechslung und wenn dann ein neues kommt, hast Du das alte verzehrt. Solltest Du aber noch irgendeinen Wunsch bzw. Wollkleidung haben, so schreibe. Deine Stiefel liegen auch schon da und harren des Abrufes. Vor 2 Tagen habe ich eine Wollhose für Dich abgesandt. Hoffendlich kommt sie Dir gut zu paß. Wir wollen allesamt hoffen, daß Du sie in guter Gesundheit tragen möchtest.“

Am 17. November schreibt sie: *„Mama ist der festen Meinung, Du bist auf dem Weg nach Hause. Ich lasse sie ruhig bei ihrem Glauben, wenn er auch nicht in mir lebt. Sie sagt wohl ein paarmal am Tag: ‚Paß auf, eines guten Tages kommt Julius hier angeschneit!‘ Ach, wie gerne möchte ich es glauben!“* Etwas später: *„Auch Herr Hülse, der heute morgen hier war, nimmt regen Anteil an Deinem Schicksal. Sein 17jähriger Sohn ist mit ins Feld als Kriegsfreiwilliger. Er steht in Frankreich. Dort ist die Kampfeslage noch dieselbe. Die Zeitung meldet auch von Frankreich her schon Schneetreiben und Frost. Über die Verluste in Nordflandern schreibt die Zeitung: ‚Die Verluste auf beiden Seiten sind fürchterlich!‘ Wenn's sich doch da endlich zum Besten kehren wollte. Diese enormen Verluste! Die letzte Verlustliste ist die 70.. 2–3 Seiten sind im ‚Fremdenblatt‘ immer voll Todesnachrichten. Und dabei lassen viele Leute garnicht einsetzen.“*

Am Buß- und Bettag, am 18. November, schreibt Hannchen: *„Buß- und Bettag 1914! Ich habe ihn gefeiert als einen Gedenktag an mein Schatzel. Und weißt Du, wodurch ich ihn gefeiert habe? Ich bin heute um 5 Uhr losmarschiert und bin unseren Lieblingsweg gegangen: Harvestehuder Weg an der Alster entlang. Ein schöner Spazierweg, auch jetzt, zur Herbstzeit. Die Luft klar und scharf, der Himmel sternenklar und die Alster so klar und die Lichter an ihren Ufern widerspiegelnd. Die Eltern äußerten sich zwar absonderlich über* *meinen Gedanken, den einsamen Weg an der Alster zu nehmen. Aber – einsam war ich nicht. Ich hatte ja in Gedanken mein Schatzel bei mir. Jeder Ort, der uns besonders gefiel, jede Aussicht, die uns schön schien, jedes Haus, das nach unserem Geschmack war, kurz – jeder Gedanke dort erinnerte mich an Dich. Weißt Du noch, Herzlieb, wie wir im Sommer dort wandelten, zwei Kindern gleich, die keine Sorgen kennen, so scheint es mir jetzt. Weißt Du noch, Lieb, wie wir Pläne entwarfen, was wir tun würden, wenn uns Reichtum in den Schoß fiele? Hatten wir genug Pläne entworfen, dann lachten wir uns aus und unsere Luftschlösser waren fort. Kamen wir wieder in die Wirklichkeit zurück, so dachten wir an fröhlich verlebte Stunden! Wie ganz, ganz anders schaut es jetzt aus. Oder vielmehr, es sieht alles noch genau so aus, nur wir sehen es mit anderen Augen an, mit Augen, die nicht mehr so sorglos und ungetrübt in die Welt schauen.“* Kurz darauf: *„Mama behauptet fest, mir ist so, als wenn Julius zu Deinem Geburtstag kommt (21. 11.). Wir wollen's abwarten! Ach, mein Lieb, wie sehr ich mich nach Dir sehne, ich glaube, das kannst Du Dir nicht vorstellen! Du bist ja die einzige Seele, die mich verstanden, begriffen und zu nehmen gewußt hat. Daß ich mich in so manchen Sachen mit den Eltern, bes. mit Mutter nicht verstehe, weißt Du wohl und wirst Du wohl auch verstehen. bes. machen sich in letzter Zeit zwei Gegensätze sehr bemerkbar. Hat Mutter Sorgen, sucht sie die Geselligkeit und Zerstreuung, habe ich Kümmernisse irgendwelcher Art, so suche ich die Einsamkeit, um es mit mir alleine auszufechten. Aus diesem Grunde gleicht unser Haus jetzt einem Taubenschlag. Soll ich nun Mutter dies verbieten, so fühlt sie sich totunglücklich. Also – stehe ich zurück. Meine liebsten Stunden sind die Stunden nach 11 Uhr, wo Ursel besorgt und Mutter zur Ruh. Da können meine Gedanken ganz ungehindert zu Dir wandern, da fließen dann auch die Tränen frei, die ich den ganzen Tag hab verschlucken müssen. Mit den Tränen wird mein Herz auch leichter und sie brauchen's nicht zu sehen. Helfen kann mir kein Mensch, mit Ausnahme von Dir. Du könntest mir helfen und kannst es nicht.“* Später: *„Wie steht es mit der Politik im Osten? Versuchen die Russen noch immer wieder, nach Ostpreußen hinein zu dringen. Eigentlich müßtet Ihr doch da einmal abgelöst werden. Von hier aus gehen viele Truppentransporte nach dem Osten hin. Daß Ihr abgelöst werden solltet, schriebst Du ja schon oft – aber bis jetzt ist noch nichts daraus geworden, nicht wahr? Was macht das Wetter dort? Wir haben hier auch schon Schnee und Frost gehabt.*

Vier Generationen in der Heimat – ein Gruß an die Ostfront

Nachts sinkt das Thermometer unter Null. Und Ihr armen Kerle bei dieser Temperatur im Freien. Die Menschheit kommt ja allmählich in ihren Urzustand zurück. Ihr habt es ja nicht anders, als die alten Germanen es hatten. Da müßt Ihr Euch nachher erst wieder an ein gemütliches Heim und eine warme Stube gewöhnen, ich glaube aber, daß das Keinem von Euch schwer fallen wird. Ich glaube, mein Schatzel findet den Weg in sein warmes Bett schnell wieder.“
Am Tag darauf, am 19. November, schreibt sie: *„Nun wird es aber bald Zeit, wenn Du zu meinem Geburtstag hier sein willst! Einen Tag noch – dann ist die Frist abgelaufen. Und wenn man dann bedenkt, was an dem einen Tag nicht alles passieren kann! Ich wünschte, der 21. wäre längst vorbei. Die größte Geburtstagsfreude wäre mir, wenn von Dir Nachricht käme. Aber – das weiß ich schon im Voraus – da kommen eine Menge Gratulationen, aber nichts vom Schatzel. Auch der heutige Tag ist verstrichen ohne Nachricht von Dir. Der 19. Tag – Sonnabend sind's drei Wochen. – Hier in Hbg. merkt man wenig vom Kriege. Nur die Soldatentrupps, die singend die Straßen durchziehen, erinnern daran, was heute des Tages Losung. Heute Abend stand in der Zeitung: ‚Sämtliche Angehörige feindlicher Staaten haben bis zum 29. November das Reichsgebiet verlassen! Befehl des Generalkom-*

mandos.' Also alle, Frauen, Männer, Kinder, bis auf die wehrpflichtigen Leute, müssen das Land verlassen. Der Krieg ist grausam, so manch Unschuldiger muß darunter leiden. – In Nordflandern stehen sich die feindlichen Mächte gleich Mauern gegenüber. In der Mitte der langen Kampfesfront wird der Kampf etwas heftiger. Sonst gibt es in der Politik nichts Neues. – Aller Wahrscheinlichkeit nach müßt Ihr jetzt wieder in Ostpreußen sein, denn die Russen sind ja wieder mächtig anmarschiert. Wenn ich nur eine Ahnung hätte, wo Du wärest! Aber Du kannst ebenso gut auf dem Wege zu mir sein als auf dem Wege von mir fort. – Wenn doch erst alles ein Ende hätte."

Kriegsgefangenschaft

Vom 17. Dezember stammt die Feldpostkarte, auf der Hannchen ihrem Mann mitteilt:

„Gestern erhielten wir Deine Nachricht, die langersehnte. Wenn wir auch ahnten, daß Du in Gefangenschaft seiest, heute wurde es uns bestätigt. Wir freuen uns, zu hören, daß es Dir gut geht. Eine Neuigkeit: Du, Schatzel, ich habe die Konzession erhalten! Freust Du Dich? Diese Karte ist nur ein ‚Versuchskaninchen'. – Uns allen geht es gut. Viele Grüße von uns Allen, besonders aber von Deiner Hannefrau und den beiden Kleinen"
Diese Karte sandte Hannchen mit gleichlautendem Text zweimal ab. Was sie damit erreichen wollte, ist nicht klar.

Am 31.12. mit einem Poststempel vom 1.1.1915 schreibt Hannchen nach Wilna in die Gefangenschaft:
„Dem Weihnachtsbrief folgt ein Neujahrsbrief, denn daß meine Gedanken zur Jahreswende bei Dir weilen, das weißt Du wohl. Und was für Wünsche hegen wir für's Neue Jahr? Ich glaube, wir beide haben nur den einen Wunsch, daß es uns vergönnt sein möge, uns im Neuen Jahr wiederzusehen. 5 lange Monate sind wir nun schon voneinander getrennt und diese 5 Monate haben uns so viel gelehrt, sie haben uns reich und arm gemacht. Aber unser Herrgott, der Dich bisher so gnädig geleitet hat, wird Dich auch im neuen Jahr behüten und beschützen. Wir bitten ihn ja täglich darum, Deine Hanne, Dein Pottchen und noch mehr Leute, daß er Dich uns möge erhalten. Halte

nur wacker aus! – Es muß uns doch gelingen. Wie geht es Dir gesundheitlich, mein Lieb? Nach Deinen Nachrichten zu urteilen, geht es Euch in der Gefangenschaft garnicht so schlecht; hier hört man allgemein nur Lobenswertes über die russische Gefangenschaft. – Uns in Hbg. geht es gut. Wir sind alle gesund und das ist die Hauptsache. Auch geschäftlich geht alles seinen Gang. Herrmann bleibt (voraussichtlich bist Du ja nicht so schnell hier) als Gehülfe bei mir. So ist es für uns Alle das Beste. – Grüße soll ich Dir von so vielen Leuten bestellen, so z. B. von Dietz, Wilh. Kloth, Häfner und vielen anderen mehr. Hast Du eigentlich noch die Nachricht von mir erhalten, daß A. Reinstom wieder in Hamburg ist? Selbiger hat Heereslieferung bekommen und ist deswegen aus dem Felde zurückgekommen. Carl Schröder war auch die Weihnachtswoche hier, er war auch bei mir im Geschäft und mit ihm habe ich die Konzessionsfrage durchgesprochen. Dein Laden ist ganz verändert. Hinter der Fettwarentonbank sind die Konserven verschwunden und haben den Likören und Spirituosen Platz gemacht. Ich habe auch zum Sylvesterabend das eine Schaufenster voll Rum und das andere voll Rotwein und Punschextrakten gepackt. Diese Sachen sind auch gut gekauft worden. Auch die Weihnachtssachen bin ich losgeworden. Weihnachtsabend hatte ich eine Einnahme von annähernd 500 M und heute von beinahe 400 M. Damit muß ich schon zufrieden sein. – So, Herzel, laß es gut sein. Für Dich und Dein Wohl flehe ich innig zum lieben Herrgott: Möge er uns dieses Jahr nichts Schlimmeres senden, als es das alte Jahr uns gebracht. Es küssen Dich innig Deine Hanne und Edith und Ursel."

Letzte Nachrichten von und über Julius Boldt

Die erste Kriegsgefangenensendung, eine Postkarte, geschrieben am 17. 12. 1914 in Krasnojarsk, Sibirien, lautet:

„Meine liebe Hanne,
nach 14tägiger Eisenbahnfahrt ab Moskau sind wir hier im Militärlager eingetroffen. Ich habe den Transport gut überstanden und befinde mich wohl. Wir sind in großen Räumlichkeiten untergebracht. Essen und Behandlung sind gut. Das bevorstehende Weihnachtsfest wird dort wie hier keinen fröhlichen Charakter tragen. Ich wünsche Dir und den Kleinen ein gutes Fest und viel Glück im neuen Jahr. Harre nur

tapfer aus. Schreibe mir bitte auf offener Postkarte wieder. Meine Adresse ist: Service des prisonniers de guerre, (Dienststelle für Kriegsgefangene) Gefr. Boldt 8/84 z. Zt. in russ. Kriegsgefangenschaft, Krasnojarsk/Sibirien/Vojonni gogorok. 6. Komp. – Erkundige Dich bitte bei der ostsibirischen Bank in Hbg. oder beim ‚Roten Kreuz', wie Du mir am sichersten 50 Rubel übersenden kannst. – Grüße alle Lieben daheim und sei Du und die kl. Brillanten auf das herzlichste geküßt von Deinem Jul.“

Aus Krasnojarsk, über das dänische Rote Kreuz schrieb Julius am 27.1.1915 eine Karte an mich, seine Tochter Edith:

„Meine liebe kleine Edith!
Dein Papa ist weit, weit von Dir weg. Er gedenkt aber doch täglich Deiner und sendet Dir schon heute zu Deinem Geburtstag seine besten Segenswünsche. Will's Gott, kann ich Dich bald in meine Arme nehmen. Gib Mama einen Kuß und grüße sie vielmals von Deinem Papa.“

Edith (die Autorin, links), Hannchen und Ursel

Das letzte Lebenszeichen meines Vaters ist eine Postkarte, die er am 6. März 1915 an seine Mutter geschrieben hat:

Krasnojarsk, den 6. III. 15

„Liebe Mutter!
Nun sind es schon fast 8 Monate, daß wir uns nicht gesehen. Ich hoffe, daß es Dir gut geht und daß wir uns bald gesund und munter wiedersehen werden. Mir geht es gesundheitlich sehr gut. – Grüße Hanne, August, Guschi und Mannus vielmals von Deinem oft an Dich denkenden Julius."

Hannchen hat über den Hamburgischen Landesverein des Roten Kreuzes drei verschiedene Benachrichtigungen vom Tod ihres Mannes erhalten. Die erste vom 22. Januar 1916 lautet:

„Es geht uns die traurige Mitteilung zu, daß Ihr Angehöriger, der sich in Krasnojarsk in russischer Gefangenschaft befand, der
Wehrmann Julius Boldt, Inft. Reg, 84, 8. Komp.
nach einer Liste, die wir von einer deutschen Schwester erhielten, am 16. April 1915 verstorben ist. Todesursache: Flecktyphus.
Mit dem Ausdruck unserer Teilnahme zeichnen wir hochachtungsvoll ..."

Die zweite Benachrichtigung vom „Croix rouge danoise, Agence des prisonniers de guerre" (Dänisches Rotes Kreuz, Vertretung der Kriegsgefangenen) trägt das Datum 1. Juli 1916:

„Sehr geehrte Frau Boldt,
Wir sehen uns heute leider gezwungen, Ihnen die traurige Mitteilung zu machen, daß Ihr Mann nicht mehr unter den Lebenden ist. Er ist am 16. April 1915 in Krasnojarsk, Gouv. Eniseiks, Sibirien, an Brustfellentzündung gestorben. Den Totenschein haben wir an den Hamburgischen Landesverein geschickt und wird er Ihnen von dort zugehen. Nehmen Sie die Versicherung unseres tiefsten Beileids: Hochachtungsvoll"

Am 4. August 1916 schreibt der „Hamburgische Landesverein des Rothen Kreuzes" an Hannchen noch einmal:

„In Angelegenheit ihres Angehörigen
Gefr. Julius Boldt, Inf. Reg. 84/8. Komp.
teilen wir Ihnen mit, daß wir heute die Todesurkunde aus Rußland erhalten haben, aus welcher hervorgeht, daß der genannte am 16. April 1915 in Krasnojarsk an Brustfellentzündung verstorben ist.
Mit dem Ausdruck unserer aufrichtigen Teilnahme zeichnen wir."

Gräber deutscher Soldaten in Rußland

Der Lebensweg Hannchens 1915 – 1962

Entscheidungen in Krisenzeiten

Später hat meine Großmutter oft von der Trauer und dem Schmerz bei uns zuhause erzählt, als im Sommer 1915 mit der offiziellen Nachricht über Julius' Tod für Hannchen die Welt zusammenbrach. Sie hat diese Zeit maßlosen Traurigseins so eindrucksvoll geschildert, daß ich manches „wie selbst erlebt" in meiner Erinnerung bewahrt habe: so etwa das abgedunkelte Schlafzimmer, in dem meine Mutter krank, für niemand ansprechbar, im Bett lag – oder die Litanei der großmütterlichen Ermahnungen, leise zu sein, auf Zehen zu gehen – oder meine ständigen Ängste, die Mutter würde nun auch sterben. Dabei vermischen sich wahrscheinlich auch eigene Erinnerungen an konkrete Vorgänge aus späterer Zeit, als meine Mutter im Winter 1918/19 an der in Hamburg um sich greifenden Grippe schwer erkrankte.

Die Monate der Grippe-Epidemie 1918/19, kurz bevor ich zur Schule kam, waren nicht nur für unsere Familie eine unruhige, eine schwere Zeit. Draußen in der Welt hatte sich vieles verändert: der Krieg war zuende, die alten Machthaber waren abgetreten oder geflüchtet, die neue Regierung versuchte, das militärisch geschlagene Deutschland als eine Demokratie gegen oppositionelle Kräfte politisch neu zu ordnen. Das alles wurde von meiner Mutter und den Großeltern wahrscheinlich nur am Rande wahrgenommen, denn alles drehte sich damals darum, wie man bis morgen oder bis zur nächsten Woche mit der Lebensmittelzuteilung und den Feuerungs-Vorräten über die Runden kommen könnte. Hannchen lebte in dieser Zeit mit uns (den beiden Kindern) und ihren Eltern zwar immer noch in der Hoheluftchaussee, in der geräumigen 4 1/2-Zimmer-Wohnung – doch das darunterliegende Kolonialwarengeschäft hatte sie bereits 1916 verpachtet und am Ende des Krieges verkauft.

Hannchen in Trauerkleidung

Dieser Akt, sich endgültig aus dem Geschäft zu lösen, war für Hannchen sicher schmerzlich gewesen, denn es bedeutete, sich damit auch von dem Lebenswerk ihres Mannes zu trennen. Doch dafür gab es wichtige Gründe. Einmal hatte die Absicht, das Geschäft bis zum Kriegsende für den heimkehrenden Julius zu erhalten, ihren Sinn verloren und zum anderen hatte Hannchen schon früh erkannt, daß der Umsatz im Kolonialwarenladen kriegsbedingt von Monat zu Monat zurückgehen mußte. Außerdem war ihr klar geworden, daß sie als Kriegerwitwe zwar die Kraft hatte, den Ernährer der Familie zu ersetzen, daß sie aber als junge Mutter „mit zwei kleinen Kindern um die Beine" für die Führung eines großen Lebensmittelgeschäftes – in Krisenzeiten ein Job rund um die Uhr – nicht die rechten Voraussetzungen mitbrachte.
So war die endgültige Trennung vom Boldt'schen Geschäft im Herbst 1918 für Hannchen auch ein Stück Befreiung. Und das Gefühl, plötzlich über Geld verfügen zu können, weckte in ihr das Bedürfnis, zum ersten Mal wieder an die Zukunft zu denken. Doch die Monate zwischen Krieg und Frieden 1918/19 waren kaum geeignet, um in dieser Zeit politischer Ungewißheit für sich und eine Familie konkrete Pläne zu machen. So blieb es vorerst bei Gedankenspielereien,

was man eines Tags mit dem „Vermögen“, das man durch den Geschäftsverkauf gewonnen zu haben meinte, anstellen könnte. Inzwischen glaubte sich Hannchen gut beraten, das „große Geld“ nicht in den Strumpf zu stecken, sondern es auf ein Sparkassenkonto einzuzahlen.

Hier schien das Geld nicht nur vor Diebstahl sicher zu sein, sondern auch vor dem Zugriff der „Roten“, wie meine Großmutter sagte. Für die Großeltern – und wahrscheinlich auch für Hannchen (wie ich vermute), waren nämlich die Arbeiter- und Soldatenräte, die sich am 6. November 1918 vorübergehend in Hamburg mit dem Hohen Senat die Regierungsgewalt in der Hansestadt friedlich teilten, gefährliche „Revoluzzer“. Diesen Männern trauten die erschreckten biederen Bürger, die – wie meine Großeltern – bis zur letzten Stunde an den Sieg des kaiserlichen Heeres geglaubt hatten, nicht nur Meuterei, Ungehorsam und Hochverrat an Kaiser und Reich zu, sondern auch die Absicht, die herrschenden Besitzverhältnisse radikal umzustürzen.

Die Angst der Bürger vor der Zukunft war groß, vor allem, weil sie jahrelang, einseitig informiert, als patriotische Untertanen erzogen worden waren und die revolutionär erscheinenden Vorgänge in den ersten Novembertagen nicht zu deuten vermochten. Großmutter erzählte immer wieder von einer aufregenden Fahrt mit der Straßenbahn, bei der einige Arbeiter einem Offizier die Schulterstücke vom Uniformmantel heruntergerissen hätten. Vergebens habe sich der junge Leutnant gewehrt – unter Gejohle wäre er dann am Dammtor-Bahnhof vom Perron gestoßen worden. „Und für solche Lumpen haben unsere tapferen Soldaten ihr Leben geopfert“ – so oder ähnlich beendete meine Großmutter den Bericht über ihr Revolutionserlebnis. Mich hat diese Geschichte der Großmutter damals sehr beeindruckt, denn ich wußte wohl, wen sie mit den „tapferen Soldaten“ meinte. Auch mich beschäftigte noch lange der Gedanke, ob mit meinem Vater, wäre er zurückgekommen, das Gleiche hätte geschehen können und wie er sich dann wohl verhalten hätte.

So etwa wurde im Haus Boldt-Hannemann gedacht, als Deutschland eine Republik wurde. Daß die Angst vor einer Arbeiter-Regierung eigentlich grundlos war, wurde in Familien wie der meinen, bald entdeckt. Denn schon als die „Provisorische Regierung“ in Berlin mit Friedrich Ebert an der Spitze und im Bunde mit Generälen der alten Armee sehr rasch wieder für Ruhe und Ordnung gesorgt hatte,

Sparkassen und Banknoten.

Während eines Kriegszustandes muß nicht nur der Soldat Umsicht und Kaltblütigkeit zeigen, sondern auch die Zivilbevölkerung muß sich freihalten von kleinlichen Befürchtungen und Kurzsichtigkeit, um die ganze Wirtschaftsführung nicht zu stören. So sollte Niemand von Sparkassen, Banken usw. mehr Geld zurückfordern, als für seinen nächsten Bedarf nötig ist.

Das Geld ist nach wie vor auch in Kriegszeiten sicherer bei Sparkassen und Banken aufgehoben als zu Hause.

Auch ist die Reichsbanknote ein ebensogutes, im ganzen Reich gesetzlich anerkanntes Zahlungsmittel wie Gold und Silber. Jede Note, die vom Reich gesetzliche Anerkennung hat, ist ebenso viel wert wie gemünztes Geld.

Es sollte sich daher Niemand weigern, auch die kleinen Noten als gutes Geld anzunehmen.

Wer die Annahme von deutschem Papiergeld verweigert, schädigt die wirtschaftlichen Interessen der Allgemeinheit und dadurch auch seine eigenen.

Die Handelskammer.
Die Gewerbekammer.
Die Detaillistenkammer.

Einer der Aufrufe von 1917, erspartes Geld auf die Bank zu bringen konnten sich gerade die unpolitisch denkenden Deutschen im Kleinbürgertum durchaus mit der neuen Staatsform arrangieren, wenngleich in unserer Familie die schwarz-rot-goldene Republik nicht sonderlich geliebt wurde. Man bewahrte vielmehr dem Herrschaftssystem im geheimen ein gutes Andenken, für das Julius Boldt sein Leben geopfert und das Lebensglück seiner Frau und Kinder aufs Spiel gesetzt hatte.

Zum historischen Hintergrund: Soziale Not und Inflation

Es ist eine weitverbreitete Meinung, daß die Inflation in Deutschland, die 1923 ihren Höhepunkt erreichte, sich „zwangsläufig" aus der Situation des verlorenen Krieges ergeben habe. Diese These ist falsch, obwohl die Menschen den Eindruck haben mußten, daß der rapide Währungsverfall im Herbst 1923 wie eine Naturkatastrophe über Deutschland hereinbrach und niemand in der Welt in der Lage war, dieses Schicksal zu wenden. – Heute wissen wir, daß Inflationen „von Menschen gemacht" – etwa durch wirtschaftspolitische Entscheidungen von Managern der Großbanken und Konzerne verursacht werden. Bereits in der politischen Entscheidung des Vorkriegskabinetts im kaiserlichen Deutschland, den kommenden Krieg nicht über zusätzliche Steuern zu finanzieren, sondern durch Schuldverschreibungen zu decken, lag eine der Ursachen der Inflation; denn die deutschen Bürger wurden, entsprechend dieser Entscheidung, 1914 aufgerufen, ihre Vaterlandsliebe mit dem Kauf von Kriegsanleihen zu bekunden.
Wer „Kriegsanleihen zeichnete", brachte damit aber nicht nur seine Opferbereitschaft für Kaiser und Reich zum Ausdruck, sondern hoffte zumindest, sich auch ein wenig am Geschäft des Krieges zu beteiligen. Da kaum jemand am siegreichen Ausgang des Krieges zweifelte, war man sicher, daß jede Anleihe hochverzinst zurückgezahlt würde.
Die Wirklichkeit des Krieges mußte solche Erwartungen zunichte machen. In jedem Krieg werden nämlich die produzierten Güter zum größten Teil für Kriegszwecke verbraucht, d. h. sie werden „verpulvert". Die deutschen Banknoten, die anfangs durch Sachwerte gedeckt waren, verloren also, je länger der Krieg dauerte, ihre Deckung, vor allem deshalb, weil der Staat, um den Zahlungsverkehr flüssig zu halten, immer mehr Banknoten drucken ließ. Die Herrschenden hofften, daß man die Deckung dieses Papier-Geldes doppelt und dreifach im Zuge eines von Deutschland diktierten Friedensschlusses aufbringen könne.

Die katastrophalen Folgen dieser Kriegsfinanzierung zeichneten sich bereits im Winter 1918/19 ab. Langsam kletterten die Preise. Scheinbar war es angesichts der schwierigen politischen und wirtschaftlichen Verhältnisse im Winter 1918/19 nicht möglich, die Geldentwertung zu bremsen. Zwar hatte es 1919/20 nicht an Plänen gefehlt, die Inflation aufzuhalten – doch alle Entwürfe liefen letztlich darauf hinaus, den deutschen Adel und das Besitzbürgertum, eben alle, die über nennenswerte Vermögen verfügten, für den Ausgleich der Schuldenlast heranzuziehen. Vor solchen Maßnahmen, die man in Deutschland als „Enteignung" oder als „Sozialisierung" angesehen hätte, schreckte die Regierung damals zurück. Als dann 1921 die Reparationszahlungen, die 1919 im Versailler Vertrag noch nicht fixiert worden waren, endgültig festgelegt wurden, schien es der Reichsregierung günstig, die Geldentwertung nicht aufzuhalten, sondern sie „laufen zu lassen" und ihrerseits nichts zu unternehmen. Reichsregierung und Reichsbank ließen die staatliche Notenpresse sehr viel Papier bedrucken, denn das vermehrte Geld brachte – so wiedersprüchlich es klingt – erhebliche Vorteile für den Staat und für den raschen Aufbau der modernen Industrie.
Der besondere Vorteil für die deutsche Republik lag einmal darin, daß der Staat seine „inneren Schulden" loswurde. Er zahlte als Schuldner aus Kriegszeiten die Milliardenbeträge jetzt an seine Gläubiger, an die einst patriotischen Untertanen der Monarchie, mit leichter Hand zurück – selbstverständlich mit Inflationsgeld. Für den Staat gab es noch einen weiteren Vorteil: er konnte aufgrund der inflationsbedingten Finanzlage die fälligen Reparationszahlungen an die Alliierten hinauszögern. Die Inflation wurde also ein „Kampfmittel" gegen die Reparationsansprüche der Siegermächte. Mit der zerrütteten Finanzlage Deutschlands ließ sich die Zahlungsunfähigkeit nachweisen und der Verhandlungsspielraum wenigstens zeitweise verbessern.
Doch nicht nur der Staat verdiente an der Inflation. Vor allem profitierte die deutsche Großindustrie, insbesondere die Montan-Industrie (Bergbau) und die großen Chemie-Werke. Diese Industrien konnten jetzt auf dem Weltmarkt gegenüber der internationalen Konkurrenz ihre Lage mit billigen Gütern schnell verbessern, weil sie mit schlecht entlohnten Arbeitskräften rechnen konnten. Der deutsche Arbeiter wurde nämlich bei niedrigen Löhnen mit wertlosem Papiergeld bezahlt, während die Konzernherren für die Erzeugnisse wertbeständige Devisen erhielten, ein Kapital, mit dem ihre Großbetriebe ausgebaut und modernisiert werden konnten. – Und auch Landwirte und Großgrundbesitzer, die mit entwertetem Geld ihre Schulden loswurden, verdienten an der Inflation. Viele Höfe und besonders die großen Güter in Ostdeutschland waren seit Jahrzehnten mit hohen Hypotheken belastet. Von allem, was

die Besitzer von Grund und Boden bisher drückte und bedrückt hatte, konnten sie sich jetzt mit einem dicken Bündel Inflationsgeld befreien. Diese sogenannten Vorteile der Inflation bezahlten Millionen deutscher Menschen mit einer Verelendung höchsten Ausmaßes. Die Löhne blieben weiter hinter den ständig steigenden Preisen zurück, und die festgelegten Reallöhne schrumpften weiter. Im Oktober 1923 konnte sich ein Facharbeiter für seinen Wochenlohn nicht mehr als einen Zentner Kartoffeln kaufen, für den Lohn eines vollen Arbeitstages 400 Gramm Margarine. Hätte er sich einen Anzug kaufen wollen, wäre ein Betrag fällig gewesen, der den Lohn von 12 Wochen Arbeit kostete. Die Geldentwertung stieg 1923 so rasch, daß jede Woche, und schließlich sogar jeden Tag Löhne und Preise neu festgesetzt werden mußten. Die Notenpresse konnte mit der Geschwindigkeit der Entwertung nicht mehr Schritt halten und man half sich damit, daß durch einen Aufdruck Tausendmarkscheine in Millionenmarkscheine, dann Millionenmarkscheine in Milliardenmarkscheine umgewertet wurden.
Den „kleinen Mann", der ohnehin seit 1918 von der Hand in den Mund lebte, traf diese „galoppierende Inflation" besonders hart. Das Massenelend in den Arbeitervierteln deutscher Großstädte erreichte ein heute unvorstellbares Ausmaß. Die Unterschicht – das Proletariat – mußte für den verlorenen Krieg „die Zeche bezahlen". Aber auch das Kleinbürgertum, die Angestellten und Beamten der unteren Ränge, Handwerker und Gewerbetreibende u.a.m. – also jene aufstrebenden Bevölkerungsgruppen, die im Kaiserreich als „Rückhalt der Nation" gehätschelt worden waren, verloren in den Tagen der Inflation alles, was sie einmal in blindem Vertrauen zu den Herrschenden über Kriegsanleihen, Schuldscheine und ähnlichem unter großen Opfern angespart und angelegt hatten. Arthur Rosenberg hat in seinem Buch „Geschichte der Weimarer Republik", das als klassische Darstellung jener Epoche angesehen werden kann, von der „systematischen Enteignung des deutschen Mittelstandes" gesprochen und diesem Urteil den Satz hinzugefügt: Diese Enteignung „geschah nicht etwa durch eine sozialistische Regierung, sondern in einem bürgerlichen Staat, der den Schutz des Privateigentums auf sein Banner geschrieben hatte ... Sie war eine der größten Räubereien der Weltgeschichte."

Hannchen setzt sich durch

Meine Mutter war bei Kriegsende fest entschlossen, den Erlös aus dem Verkauf des Boldt'schen Geschäftes nicht anzutasten. Denn das Geld, das Monat für Monat einging: die Witwenrente, das Waisengeld und die Pension der Großeltern mußten in dieser Zeit reichen. Gewiß herrschte bei uns – verglichen mit anderen Familien – keine Armut. Aber im täglichen Zusammenleben von drei Generationen war es für Hannchen oft schwierig, die vielen unterschiedlichen Bedürfnisse unter einen Hut zu bringen. Die Konflikte zwischen Mutter und Großmutter häuften sich, und dabei entdeckte Hannchen, daß es höchste Zeit sei, sich ihre Selbständigkeit zurückzuerobern. Aus eigener Erfahrung wußte sie längst, daß Selbständigkeit nur durch eigenes Geldverdienen zu erreichen sei.

Nun war es für Hannchen keineswegs einfach, im Winter 1919/20 eine bezahlte Arbeit zu finden. Erstens besaß sie im kaufmännischen Bereich, wo sie sich bewarb, keine anerkannte Berufsausbildung, zweitens war sie nur eine von Abertausenden, die sich damals um einen Arbeitsplatz bemühten. Wer in jener Zeit eine Anstellung brauchte, war nicht wählerisch. Man riß sich sogar um eine unterbezahlte Arbeit. So war Hannchen froh, als eine kleine Firma sie als Buchhalterin „weit unter Tarif“ einstellte. Die Hauptsache sei, meinte sie, überhaupt erst einmal im Erwerbsleben Fuß zu fassen. Das gelang ihr zwar, doch als sie nach einigen Monaten ihren Anspruch auf eine tarifliche Entlohnung bei ihrem Chef anmeldete und diese Forderung mit ihrer sozialen Lage als Kriegerwitwe mit zwei Kindern zu begründen suchte, soll dieser geantwortet haben: „Was gehen mich denn ihre Kinder an!“

Mit ihrer nächsten Anstellung hatte Hannchen mehr Glück. In einem großen Industriebetrieb, weit draußen im Osten der Stadt gelegen, fand Hannchen für drei Jahre als Kontoristin einen Arbeitsplatz. Sechsmal in der Woche fuhr Hannchen nun jeden Morgen um sieben Uhr früh mit einem neu gekauften Fahrrad die fünfzehn Kilometer hinaus in das Werk am Stadtrand. Am späten Nachmittag ging es den gleichen langen Weg zurück. Zwar wurde Hannchen in dieser Firma nach Tarif bezahlt, aber bei Lichte betrachtet, war ihr Verdienst sehr schmal, denn Frauen wurden nach einer an Billiglöhnen orientierten Tarifordnung bezahlt.

Im Sommer 1923 brachte nun die plötzlich ins Maßlose steigende Inflation die meisten Deutschen in eine katastrophale Situation. Besonders betroffen waren berufstätige Bürger, denen ihr eben verdientes Geld oft schon über Nacht den Kaufwert verloren hatte. Deshalb zahlten fürsorgliche Chefs ihren Angestellten und Arbeitern jeden Nachmittag den Tageslohn aus, damit das Geld noch bis zum

Ladenschluß in Ware umgesetzt werden konnte. Hannchen wußte diese Regelung, die auch in ihrer Firma praktiziert wurde, zu schätzen. Tag für Tag kam sie im Herbst 1923 auf ihrem Fahrrad mit den Milliardenscheinen in der Hoheluftchaussee angebraust. Dort standen wir, die Großmutter und wir Kinder, schon mit Einkaufstaschen und Körben startbereit, um nach genauem Plan das Notwendigste einzukaufen.

Im Rückblick auf diese Inflationszeit bleibt es für mich unerklärlich, warum Hannchen, eine kaufmännisch denkende Geschäftsfrau, das sogenannte „Vermögen" aus dem Boldt'schen Kolonialwarenladen nicht rechtzeitig vor der völligen Geldentwertung hat retten können. Eines ist sicher: der Verlust dieses „Vermögens" in den Tagen der Inflation war für meine Großmutter lebenslang ein Anlaß zu Klage und Anklage. Doch scheint es mir heute, als habe Hannchen diesen Verlust bald verschmerzt, weil sie zu der Zeit schon auf dem Weg war, sich von den drückenden Problemen der Vergangenheit zu befreien.

Dieser neue Lebensabschnitt Hannchens war durch ihre Freundschaft mit der Jüdin Lea Pfifferling wesentlich bestimmt. Lea besaß ein kleines Papiergeschäft auf der Hoheluftchaussee, das unmittelbar an den Boldt'schen Laden grenzte. Schon vor dem Krieg hatten sich Lea und Hannchen angefreundet, doch erst die gemeinsam ertragenen Nöte des Krieges, die Anteilnahme Leas an Hannchens Schicksal haben die Frauen zu echten Freunden werden lassen. Auch als Leas Verlobter, Arthur Levor 1919, mit dem Eisernen Kreuz geschmückt, aus dem Krieg heimkehrte und Lea und Arthur heirateten, hat diese Veränderung die enge Beziehung zwischen den beiden Frauen nicht beeinträchtigt. – Im Gegenteil: das junge Ehepaar, Lea und Arthur Levor, vermittelten Hannchen eine neue Lebenswelt, die ihr weniger eng und muffig erscheinen mochte als die ihrer Eltern. Arthur Levor war ein gläubiger Jude und Hannchen wurde an jüdischen Feiertagen stets in der Großfamilie Levor-Goldschmidt-Deutschländer wie ein Familienmitglied in die feierlichen Abläufe des Festmahls einbezogen. Viele Erinnerungen meiner Kindheit bestehen aus den mir fremden, aber wundersam eindringlichen Ritualen der jüdischen Männer und Frauen. Abends, wenn wir nach Hause geschickt wurden, blieb Hannchen Gast der Familien, und dann gab es wohl kluge und geistvolle Gespräche mit Freunden – Gespräche, die Hannchen niemals in ihrem Elternhaus hatte führen können.

Damals muß Hannchen einen Teil ihrer jugendlichen Unbekümmertheit wiedergewonnen haben. In jenen Jahren (1923/24) bewunderte ich meine Mutter oft, etwa in ihrer Art, sich elegant zu kleiden oder als sportliche Schwimmerin (Hannchen hatte ein Schwimmlehrer-Examen), wenn sie mit uns Mädchen in das Freibad „Alsterlust" ging. Noch mehr imponierte es mir, als sie ihren „Führerschein für Autos" machte – damals ein sensationelles Ereignis für Freunde und Bekannte. Leider gab es zu dieser Fahrerlaubnis nicht das erhoffte Auto, obwohl in jener Zeit dann und wann ein Mann in unserer Wohnung auftauchte, den wir „Onkel" nannten und dem man zutrauen konnte, Hannchen demnächst das von uns ersehnte Traumauto zu schenken.
Als heranwachsende Tochter hat mich das „abenteuerlich" erscheinende Leben meiner Mutter oft auch beunruhigt, weil ich nicht erfuhr, welche Rolle etwa ein Mann in Hannchens Leben spielte, von dem erzählt wurde, von seinem Geld habe sich Hannchen ein kleines Papierwarengeschäft am Gänsemarkt einrichten können. Doch eins stand auch für uns Kinder fest: Unsere Mutter besaß im Jahre 1925 wieder ein Geschäft – sie war Chefin in der eigenen Firma! Großmutter mißbilligte zwar Hannchens kühnen Schritt in die Geschäftswelt. Sie verdächtigte ihre Tochter, daß diese sich – verführt durch ihre jüdischen Freunde – arg verschuldet habe. „Das alles wird uns noch ins Unglück stürzen" orakelte sie manchmal und fügte seufzend hinzu: „Lea und Arthur mögen ja gute Menschen sein, aber alles in allem sind die Juden unser Unglück!"

Jahrzehnte der Anpassung

Von diesem Zeitpunkt an verlief das Leben Hannchens in den landläufigen Bahnen bürgerlichen Lebens und Strebens. Denn Hannchen Boldt war eine von vielen Millionen deutscher Bürger, die – im Kaiserreich untertan-fromm erzogen – sich als Erwachsene nun in den 30er Jahren angesichts der bedrohlichen Auswirkungen der Weltwirtschaftskrise veranlaßt sahen, die materielle Basis ihrer bürgerlichen Existenz um jeden Preis zu sichern. Hannchen, die immer schon gut rechnen konnte, lernte jetzt auch, nüchtern zu kalkulieren, wann und wo man sich zu arrangieren habe. Diese Haltung hat sie bis zu ihrem Tode im Jahre 1962 für uns, ihre Kinder

und Freunde, oft als „lebenstüchtig“ erscheinen lassen, obwohl sie damit wahrscheinlich die tiefen, uneingestandenen Verletzungen ihrer Vergangenheit zu kaschieren suchte.
Aus dieser Sicht muß erwähnt werden, daß Hannchen bereits Ende der 20er Jahre ihre Schulden, da das Papierwarengeschäft am Gänsemarkt florierte, zurückzahlen konnte. Und als sie 1930 als gestandene Geschäftsfrau von einem „höheren“ Beamten der Hansestadt Hamburg umworben wurde, entschloß sie sich, ihre Selbständigkeit gegen eine bürgerliche Sicherheit einzutauschen. Sie heiratete einen Verwaltungsdirektor, der als treuer Staatsdiener sich nach 1933 auch ohne Parteiabzeichen dem Nazi-Regime anpaßte. In den nächsten Jahren war diese Eheschließung der Grund, warum Hannchen das Papiergeschäft aufgeben mußte, denn in der Ehe eines strebsamen deutschen Beamten sollte es keine Doppelverdiener geben. Während dieser Zeit, als Bespitzelungen und Denunziationen zur Tagesordnung gehörten, bewies Hannchen erstaunlich viel Zivilcourage. Denn trotz der Drohungen ihres staatstreuen Ehemannes hat Hannchen in den Jahren zwischen 1933 und 1936 unter großen Schwierigkeiten mit ihren jüdischen Freunden, vor allem mit Lea und Arthur, Kontakt gehalten.
Ihre Freundschaft mit Lea und Arthur, die 1936 nach Südamerika emigrieren konnten, hat auch die schlimmen Jahre des zweiten Weltkriegs überdauert. Als Hannchen 1954 die beiden altgewordenen Freunde in Paraguay besuchte, mußte es ihr schwergefallen sein, die Bitte Leas abzuschlagen, bei ihnen zu bleiben. Sie reiste nach Deutschland zurück. Schmerzlich empfand sie, daß sie bei ihren jüdischen Freunden drüben die Zeugen ihres kurzen Glücks mit Julius Boldt zurückließ – Zeugen ihrer tiefen Trauer um den sinnlosen Tod des geliebten Mannes.

Lesetips der Autorin

Christa Randzio-Plath (Hrsg.): Was geht uns Frauen der Krieg an? rororoaktuell Nr. 5021

Auf die allgemeine Frage, die im Titel des Buches gestellt wird, anworten in diesem Buch acht Autorinnen – jeweils auf eine spezielle Fragestellung bezogen.
Ich habe ihre Beiträge mit Spannung gelesen, nicht weil ich hier eine fertige Antwort auf die gestellte Frage gefunden hätte, sondern weil ich mich als Frau angesprochen fühlte – als eine Frau, die erkannt hat, daß Frauen speziellen Formen der Unfreiheit und Ungerechtigkeit unterworfen sind und deshalb durch Krieg und Rüstung und durch die Militarisierung der Gesellschaft in besonderer Weise zum Protest herausgefordert sind.

Carlamaria Heim, Josefa Halbinger: Jahrgang 1900, Verlag Obalski u. Astor

Dieses Buch habe ich mit größter persönlicher Anteilnahme gelesen – wahrscheinlich darum, weil hier Josefa Halbinger, ein Münchner Arbeiterkind, ihre Lebensgeschichte völlig unbefangen aus der Perspektive ihres proletarisch-kleinbürgerlichen Herkommens erzählt. Sicher ist es ein Glücksfall, daß die Journalistin Carlamaria Heim diesen Lebensbericht ermöglicht hat, indem sie Josefa motivierte, über ihre Kindheit zur Zeit der Wittelsbacher im deutschen Kaiserreich, über ihren weiteren Lebensweg in den Tagen der Republik, der Nazizeit und der Nachkriegsepoche in der BRD erstaunlich echt und unverstellt – ohne Scheu vor dem Mikrofon eines Bandgerätes – zu berichten.

Volker Ullrich: Kriegsalltag. Hamburg im Ersten Weltkrieg. Prometh Verlag 1982

Volker Ullrich hat in seinem Buch „Kriegsalltag“ anhand von Zeitzeugnissen (Briefen, Tagebuchnotizen, offiziellen behördlichen Verlautbarungen, Zeitungsberichten und anderen Dokumenten) konkret nachgewiesen, wie die Menschen in Hamburg den ersten Weltkrieg erlebt haben. Im Gegensatz zu den traditionellen Legenden, nach denen die Bevölkerung daheim alle Not und Entbehrungen patriotisch gestimmt mit Geduld ertragen haben soll, zeigen uns die im vorliegenden Buch zeitlich aufgereihten Momentaufnahmen „kleiner Leute“ im Hamburg der Kriegsjahre 1914 bis 1918, wie der Krieg an der Heimatfront zumindest bei einer differenzierteren Betrachtung tatsächlich wahrgenommen wurde. Dabei wird im besonderen sichtbar, wie rasch die Kriegsbegeisterung der ersten Wochen verrauchte, wann und wo sehr bald Stimmen der Ernüchterung laut wurden.

Doris Kachulle (Hrsg.): Die Pöhlands im Krieg, Briefe einer Arbeiterfamilie aus dem 1. Weltkrieg, Verlag Pahl-Rugenstein

Die Briefe der Bremer Arbeiterfamilie Pöhland hat Doris Kachulle nach vielen Gesprächen mit der ältesten Tochter herausgegeben. Dieser Briefwechsel aus den Jahren 1915/16 liest sich heute wie ein Stück proletarischer Widerstandsgeschichte gegen den Krieg und gegen die Gesellschaftsgruppen, die ihn als ein naturwüchsiges Ereignis ansahen und zu nutzen wußten. An diesem Buch hat mich, neben meinem Interesse an der Dokumentation des Kriegsalltags, besonders fasziniert, daß hier zwei Menschen, die in ihrer Kindheit und Jugend offiziell nie gelernt hatten, sich schriftlich zu äußern – schon gar nicht über ihre persönlichen Gefühle – daß sie in Kriegs-Briefen ihre Empfindungen und Gedanken wechselseitig auszutauschen wissen.

Bildquellen

Seiten 12, 13, 16, 19, 21, 22, 26, 32, 54, 76, 78, 79, 84, 88, 94, 97, 99, 101, 103: Archiv der Autorin.

Seite 25: Geschichtliche Weltkunde, Band III, S. 33. Frankfurt 1976.

Seite 30: Volker Plagemann, Industriekultur in Hamburg, S. 102. München 1984.

Seite 46: Atlas zur Weltgeschichte, S. 148. Braunschweig 1963.